文库主编：李 舫

丝绸之路名家精选文库

与白云最近的地方
一个诗人在群山之上的诗性述说

吉狄马加

图书在版编目（CIP）数据

与白云最近的地方：一个诗人在群山之上的诗性述说 / 吉狄马加著 . -- 北京：华文出版社，2017.4
（丝绸之路名家精选文库 / 李舫主编）
ISBN 978-7-5075-4690-3

Ⅰ . ①与… Ⅱ . ①吉… Ⅲ . ①散文集 – 中国 – 当代 Ⅳ . ①I267

中国版本图书馆 CIP 数据核字 (2017) 第 081107 号

与白云最近的地方

作　　者	吉狄马加
主　　编	李　舫
策划编辑	柯　湘
责任编辑	柯　湘　杨　宁
装帧设计	宁成春　胡长跃
经　　销	新华书店
印　　刷	北京明恒达印务有限公司
开　　本	787mm×1092mm　1/32
印　　张	10.625
字　　数	163 千字
版　　次	2017 年 5 月第 1 版
印　　次	2017 年 5 月第 1 次印刷
书　　号	ISBN 978-7-5075-4690-3
定　　价	32.00 元

出版发行：中国出版集团公司
　　　　　华文出版社
地　　址：北京市西城区广外大街
　　　　　305 号 8 区 2 号楼
邮政编码：100055
发 行 部：010-58336266
编 辑 部：010-58336258
总 编 室：010-58336239
网　　址：http://www.hwcbs.com.cn

吉狄马加

彝族、诗人、作家、书法家。1961年生于四川大凉山。

现任中国作家协会副主席、书记处书记,当代具有国际影响力的著名诗人,已在国内出版诗文集近20种,其作品还被翻译成30多种文字,在近50个国家或地区出版发行。

曾获中国"第三届新诗(诗集)奖"、南非"姆基瓦人道主义奖"、国际华人诗人笔会"中国诗魂奖"、2016年度"欧洲诗歌与艺术荷马奖"、罗马尼亚《当代人》杂志"卓越诗歌奖"和布加勒斯特作家协会诗歌奖。

2007年创办"青海湖国际诗歌节",担任组委会主席和"金藏羚羊"国际诗歌奖评委会主席。

作家印象

从苍茫寂寥的大凉山走到历史纵横的古都北京,再走到灵魂直接天际的青藏高原,吉狄马加始终坚持自己是一个彝族文化的守望者。他的眼睛里盈溢着圣洁的太阳,他的血管里回荡着马蹄的声音,他的灵魂在字词诗行间舞蹈,他的心在高山和原野间歌唱。数十年来,吉狄马加痴痴地用他的寂寞的吟唱、他的豪放而富有灵性的文字,编织着一个属于自己,更属于同样痛苦、倔强、高贵的伟大民族的颂歌与梦想。他的散文与他的诗歌一样,视域宏阔,洞察敏锐,警譬精妙,蕴含着超凡脱俗的慈爱与悲悯,从而具有了超越种族局限的人类情感,具有了穿越时空睽隔的深邃伦理,具有了史诗的气质和力量。

——李 舫

目录

世界是平的,世界是通的

《丝绸之路名家精选文库》总序 / 李舫 1

青海湖诗歌宣言 17
一个诗人的青海情怀 20
青海,最后净土的入口与文化创意 60
昆仑文化与丝绸之路 109
我们的继续存在是人类对自身的救赎 117
《格萨尔》与世界史诗 123
神话永远闪烁着远古文明的诗性光辉 133
诗歌,通往神话与乌托邦的途径 142

诗人的个体写作与人类今天所面临的共同责任 147

太阳的使者,大地的祭司

  ——诗人艾青 151

多元民族特质文化与文学的人类意识 158

当代世界文学语境下的中国诗人写作 189

为消除人类所面临的精神困境而共同努力 198

在全球化语境下超越国界的各民族文学的共同性 201

山地族群的生存记忆与被拯救中的边缘影像 208

探寻中华之源　传承昆仑文化 214

诗人的公众角色与诗歌在当下现实中的作用 229

诗歌的写作要回到生命的源头 260

在文化觉醒中面向未来 272

当下诗歌的写作状态和所面临的选择 287

一次诗歌的朝圣与远游 304

向翻译家致敬 309

向伟大的南非致敬 313

拒绝一切形式的死亡 319

站在广袤的群山之上 323

世界是平的,世界是通的

《丝绸之路名家精选文库》总序

一

山积而高,泽积而长。

在苍莽辽阔的欧亚非大陆,有这样两"条"史诗般的商路:一条在陆路,商队翻过崇山峻岭,穿越于戈壁沙漠,声声驼铃回荡遥无涯际的漫长旅程;一条在海洋,商船出征碧海蓝天,颠簸于惊涛骇浪,点点白帆点缀波涛汹涌的无垠海面。

这两"条"商路,一端连接着欧亚大陆东端的古中国,一端连接着欧亚大陆西端的古罗马——两个强大的帝国，串起了整个世界。踏着这千年商路，不同种族、不同肤色、不同语言、不同信仰、不同文化、不同理念的人们往来穿梭,把盏言欢。

正是通过这条史诗般的商路，一个又一个宗教诞生了，一种又一种语言得以升华，一个又一个雄伟的国家兴衰荣败，一种又一种文化样式不断丰富；正是通过这条史诗般的商路，中亚大草原发生的事件的余震可以辐射到北非，东方的丝绸产量无形中影响了西欧的社会阶层和文化思潮——这个世界变成了一个深刻、自由、畅通，相互连接又相互影响的世界。19世纪末，德国地质学家费迪南·冯·李希霍芬将这个蛛网一般密布的道路命名为"丝绸之路"。

几千年来，恰恰是东方和西方之间的这个地区，把欧洲和太平洋联系在一起的地区，构成地球运转的轴心。丝绸之路打破了族与族、国与国的界限，将人类四大文明——埃及文明、巴比伦文明、印度文明、中华文明串连在一起，商路连接了市场，连起了心灵，联结了文明。

正是在丝绸之路上，东西方文明显示出探知未知文明样式的兴奋，西方历史学家尤其如此。古老神秘的东方文明到底孕育着人类的哪些生机？又将对西方文明产生怎样的动力？英国学者约翰·霍布森在《西方文明的东方起源》一书中,回答了这些疑问:"东方化的西方"即"落后的西方"如何通过"先发地区"的东方,捕捉人类文明的萤火,一步步塑造领导世界的能力。

正是在丝绸之路上,西汉张骞两次从陆路出使西域,中国船队在海上远达印度和斯里兰卡;唐代对外通使交好的国家达70多个,来自各国的使臣、商人、留学生云集长安;15世纪初,航海家郑和七下西洋,到达东南亚诸多国家,远抵非洲东海岸肯尼亚,留下了中国同沿途各国人民友好交往的佳话;明末清初,中国人积极学习近代科技知识,欧洲天文学、医学、数学、几何学、地理学纷纷传入中国,开阔了中国人的视野。之后,中外文明交流互鉴更是频繁展开。

正是在丝绸之路上,世界其他文明也在吸取中华文明的营养之后变得更加丰富、发达。源自中国本土的儒学,早已走向世界,成为人类文明的一部分。佛教传入中国后,同儒家文化和道家文化融合发展,形成了具有中国特色的佛教文化和理论,并传播到日本、韩国及东南亚,对这些国家的哲学、艺术、礼仪等产生了深刻影响。中国的造纸术、火药、印刷术、指南针四大发明带动了整个世界的革故鼎新,直接推动了欧洲的文艺复兴。中国哲学、文学、医药、丝绸、瓷器、茶叶等传入西方,渗入西方民众日常生活之中。

法国总统戴高乐评价道，中国不仅仅只是一个国家或是民族国家，她更是一种文明，一种独特而深邃的文明。中华文明曾长期处于世界领先地位，是世界主流文化之一，对包括西方文化在内的其他地区文化曾产生过重要影响，排他性最小，包容性又最强。我们奢侈地"日用而不觉"的，就是这样一种文化。它已与我们经济生活、社会生活和日常生活中的根本的价值取向相结合，不断地延展和衍生自己，成为最基础也最扎实的一层底色。西方学者曾经评价空前鼎盛、空前繁荣的隋唐时代，在唐初诸帝时代，中国的温文有礼、文化腾达和威力远被，同西方世界的腐败、混乱和分裂对照得那样的鲜明，以致在文明史上立刻引起一些最有意义的问题。中国由于迅速恢复了统一和秩序而赢得了这个伟大的领先。美国史学家爱德华·麦克诺尔·伯恩斯、菲利普·李·拉尔夫在《世界文明史》中写道：中国文明之所以能长期存在，有地理原因，也有历史原因。中国在它的大部分历史时期，没有建立过侵略性的政权。也许更重要的是，中国伟大的哲学家和伦理学家的和平主义精神约束了它的向外扩张。

由是，经济得以繁荣，文化得以传播，文明得以融合。

二

然而，令人痛惜的是，16、17世纪以降，丝绸之路渐次荒凉。中国退回到封闭的陆路，丝绸之路的荒凉逼迫西方文明走向海洋，从而成就了欧洲的大航海时代，推动了欧洲现代文明的发展和繁荣。

欧洲中心世界与世界崛起为全球化的主要载体密不可分。据不完全统计，地球71%的面积被海洋覆盖，90%的贸易通过海洋进行。世界银行的一份资料证明，全球产出的八成来自沿海100公里地带。这个事实构筑了近代世界的真实景象：边缘型国家的崛起与文明中心地带的塌陷，从葡萄牙、西班牙、荷兰、英国到美国，大国因海洋而崛起，文明因大陆而衰落。

今天，作为负责任的东方大国，中国在思考，如何用文明观引导世界布局、世纪格局，这是中国应该担负的使命。

《易经》有云："往来不穷谓之通……推而行之谓之通。"雅各布·布克哈特在《意大利文艺复兴时期的文化》中说："任何一个文化的轮廓，在不同人的眼里看来都可能是一幅不同的图景。"文明的断裂带，常常是文明的融合带。在21世纪的第二个十年,中国再次将全球的目光吸引到这条具有非凡历史意义的道路上。如果将丝绸之路比喻为中国腾飞的两只翅膀,那么互联、互通就是两只翅膀的血脉经络。随着丝绸之路的复兴,不仅是对中华优秀传统文化的重新梳理,创造性转化、创新性发展,更是东西方文明又一次大规模的交流、交融、交锋。对于骄傲的西方,神秘东方的价值恰在于此。正是在与世界其他文明持续的交流互鉴中,中华文明不断发展壮大;也正是在中华文明不断走出去的过程中,世界文明得以丰富和繁荣。

美国学者弗里德曼说,世界是平的。其实,在今天的现代化、全球化背景下,世界不仅是平的,而且是通的。毋庸讳言,我们的全球化,还仅仅是部分国家、地区的全球化,而对于大部分国家而言,全球化还只是一个遥远的梦想。中国提出的"一带一路"的伟大战略构想,不仅意味着复兴古代丝绸之路的辉煌,更体现了崛起的中国以天下为己任的胸怀与担当。在这种意义上,"一带一路"的伟大战略构想不啻于第二次地理大发现。

万物并育而不相害,大道并行而不相悖。历史是一面镜子,从历史中,我们能够更好地看清世界、参透生活、认识自己;历史也是一位智者,同历史对话,我们能够更好地认识过去、把握当下、面向未来。观古今于须臾，抚四海于一瞬。

作家莫言说过一句饶有趣味的话："世间的书大多是写在纸上的，也有刻在竹简上的，但有一部关于高密东北乡的书是渗透在石头里的，是写在桥上的。"中国传统文化就如同那些镌刻在石头上的高密史诗，如同宏博阔大的钟鼎彝器，事无巨细地将一切"纳为己有"，沉积在内心，旁通而无滞，日用而不匮。

落其实者思其树，饮其流者怀其源。中华民族生生不息绵延发展、饱受挫折又不断浴火重生，都离不开中华文化的有力支撑。中华文化不仅是个人的智慧和记忆，而且是整个中华民族的集体智慧和集体记忆，是我们在未来道路上寻找家园的识路地图。中华民族的子子孙孙像种子一样飘向世界各地，但是不论在哪里，不论是何时，只要我们的文化传统血脉不断，薪火相传，我们就能找到我们的同心人——那些似曾相识的面容，那些久远熟悉的语言，那些频率相近的心跳，那些浸润至今的仪俗，那些茂密茁壮的传奇，那些心心相印的瞩望，这是我们中华民族识路地图上的印记和徽号。今天，我们有责任保存好这张识路地图，并将它交给我们的后代，交给我们的未来，交给与我们共荣共生的世界。

三

中国是文章大国,有文字记载并从完整作品开始计算的文学史,已达3000年之久。作为与诗词并列为文学正宗的重要文体,中国散文更是源远流长,浩浩汤汤,在殷商时代已初具特质。这是从正值盛年的土壤里生长出来的文化情怀和文化自信,元气蓬勃,淋漓酣畅。

《丝绸之路名家精选文库》承续着这股源源不竭的潮流。第一辑包括14位名家的散文佳作:王巨才的《垅上歌行》、丹增的《海上丝路与郑和》、陈世旭的《海的寻觅》、陈建功的《默默且当歌》、张抗抗的《诗性江南》、梁平的《子在川上曰》、阿来的《从拉萨开始》、吉狄马加的《与白云最近的地方》、林那北的《蒲氏的背影》、韩子勇的《在新疆》、刘汉俊的《南海九章》、叶舟的《西北纪》、郭文斌的《写意宁夏》、贾梦玮的《南都》。

这些作家,有耄耋长者,有青年才俊,他们风格迥异,各有妙趣,14部书稿,清典可味,雅有新声,纵横浩荡地连接起丝绸之路的文明长廊。

凡益之道,与时偕行。王巨才是一位深情的诚实的大地歌者,他的《垅上歌行》如同生养他的黄土高原一样，即便沟壑纵横，纵使黄沙扑面，仍令人感受到难以忘怀的苍茫和浑厚。他执笔半个世纪，所思所想所劳所愿，皆是时代命题、人民篇章。"文章合为时而著，歌诗合为事而作"，白居易的这句话是王巨才散文的最好写照。立采诗之官，开讽刺之道，察其得失之政，通其上下之情，此四者，也恰是王巨才的文章道法。王巨才的笔触，致力承继白居易、元稹、刘禹锡以来浩浩汤汤的汉唐文风，字里行间迎面扑来的是浓郁的时代氛围和强烈的生活气息，是契合着历史大势和社会走向的艺术图景与审美风度。

丹增的文字具有自然般的神力，复苏了一个古老大陆的命运和梦想。丹增，翻译成汉语，就是继承、弘扬和扶持佛法。从青藏高原到彩云之南，丹增不断地以明察而热切的力量，加持自我，照亮周遭，为日渐消弭的世界筑起了一道永恒的记忆堤坝。不论是藏文还是汉语，黑黢黢、密麻麻的文字背后，我们仿佛看到那些不甘心的光芒挤压出来，它们飘浮着，陌生，别致，灵动，晦涩难懂，曲折复杂，像雾像雨又像不羁的风，像预言像隐喻又像莫名的谶语。他笔端的生死，不是两极，而是一体；他胸中的万物，各有其灵，尽善尽美。生死万物都平等地沐浴阳光，开枝散叶，春种秋藏，它们是神祇的宣示、真理的昭告，大音希声，却震慑寰宇。

陈世旭将书斋由相对安静的老区迁至繁华喧嚣的大都市，他的写作却愈发有一种大隐隐于市的淡泊和从容。陈世旭勤于读书，长于思辨，学养厚实。他的文字简洁洗练，刚健沉雄，大气磅礴，既浸淫着寥廓的古意，又充满了蓬勃的现代感。他热爱自然，寄情山水，登山则情满于山，观海则意溢于海，从美学和世界观的高度阅读大地文章，延续了中国文字自古以来洋溢着的无限张力和灿烂传统。

耳顺之年重返故地，陈建功日常生活的双城记里，有着比他自己的想象多得多的悲欣交集。在"寻根文学"风生水起的时候，他找到了"京味儿"的魅力。他的散文，沉着中有昂扬，追索中有挣扎，平静中有波澜，温醇和煦，却如寒风一般劈开一城的雾霾，清冷凛冽。陈建功同他的文学一道，置身历史进程的迷狂，搏击历史洪流的漩涡，却大开大阖，收放自如，他的文学就是他的人生。他深深地懂得，伟大的时代不仅需要讴歌者，更需要叹惋者与沉思者。答中有问，问中有答，方能无所不能，无远弗届。

张抗抗出生于江南杭州，这座盛产丝绸的城市两千年来吸引着东西方无数朝圣的使臣。她的笔墨，也有着人间天堂的钟灵毓秀：一叶扁舟泛海涯，三年水路到中华；心如秋水常涵月，身若菩提那有花。她的文章取材深广，目之所及，似乎无所不包，琴棋书画、茶米油盐、高山流水、鼓瑟吹笙，尽入笔端，充满着诗意的想象，包容着深邃的哲理。无论是阳春白雪，还是寻常人家，无论是自然之美，还是心灵感悟，一旦进入她的视域，总会散发出无穷的韵味——一粒沙里，洞见世界，半瓣花中，说道人情。

《子在川上曰》，这是一位诗人送给他生于斯长于斯的大地的颂歌，也是一位作家送给家乡的生命礼赞。梁平的文字，饱满丰盈，细腻真挚，如子规啼血，似东风长歌，幽微中蠡窥宏阔，黯淡里喜见光明。跟随梁平的笔端，我们沿长江、嘉陵江溯流而上，一路奔跑、沉潜、翱翔，同他的爱与恨、愤怒与期冀、疼痛与愉悦同频共振。在他轻灵如诗的文字中，我们仿佛得见他椎心泣血的笔墨、响遏行云的呼号、掷地有声的追问——子在川上曰，逝者如斯夫！这是他关乎大悲喜和大彻悟的哲学问道，是他寻求死之尊严与生之庄重的心灵追索，答案不言自明。

从《尘埃落定》开始，"阿来"这两个字便注定有了特殊的含义。带着敦厚的憨笑，拖着沉重的脚步，阿来从他身后敦厚沉重的高原走来，如同晨曦浮动在大地之上。阿来出生于大渡河上游马尔康的嘉绒藏族，而他生命的道道履痕都始终围绕嘉绒。在这里，他见证了世世代代半牧半农耕的藏民族的寥廓幽静，见证了具有魔幻色彩的高原缓缓降临的浩大宿命，见证了那些暗香浮动、自然流淌的生机勃勃，见证了随着寒风而枯萎的花朵、随着年轮而老去的巨柏、随着时间而荒凉的古老文明。阿来的目光，掠过高原，掠过天空，掠过河流，掠过冰封的大地，掠过凋谢的荣耀，然后——抵达不朽。这就是阿来，他用温暖包裹起彻骨的寒凉，用锋芒挑落被华丽尘封的沧桑，他是这个时代寂寞而执着的"书记官"。

从苍茫寂寥的大凉山走到历史纵横的古都北京，再走到灵魂直接天际的青藏高原，吉狄马加始终坚持自己是一个彝族文化的守望者。他的眼睛里盈溢着圣洁的太阳，他的血管里回荡着马蹄的声音，他的灵魂在字词诗行间舞蹈，他的心在高山和原野间歌唱。数十年来，吉狄马加痴痴地用他的寂寞的吟唱、他的豪放而富有灵性的文字，编织着一个属于自己，更属于同样痛苦、倔强、高贵的伟大民族的颂歌与梦想。他的散文与他的诗歌一样，视域宏阔，洞察敏锐，警譬精妙，蕴含着超凡脱俗的慈爱与悲悯，从而具有了超越种族局限的人类情感，具有了穿越时空睽隔的深邃伦理,具有了史诗的气质和力量。

林那北的散文每每让人有惊奇之感:中国的方块字竟然还可以这样挥洒,甚至是——还可以这样挥霍?阅读她的文字,如同在亚马逊森林中的冒险,你不知道前方出现的会是鹦鹉还是猕猴,鳄鱼还是猛虎,但是你一定知道,你将会遭遇离奇,遭遇惊诧,遭遇错愕,它们是生活的热辣辣的底料,活泼泼的味道。然而,林那北散文的魅力恰在于此,正是文字的疏离嫁接了认知的陌生,认知的陌生带来了阅读的艰涩,阅读的艰涩又制造了思想的愉悦,她的书写具有了非常有趣的气质:以矛盾结构矛盾,以悖论解构悖论,以想象冲击想象,精密,精细,精深,精致,重要的是——好看。

你在什么地方、什么时间——你就是什么。在社会的榛莽漂泊、在未知的命运流浪,心如猛虎、魂无定所。生命的焦虑由此而来。韩子勇的《在新疆》,告诉你的,就是这样一份关于漂泊、寻找和指认的隐秘笔录。

出生于湖北赤壁的刘汉俊,却以海南主题文章闻名。如果说,一人与一地,出生是一种因果,那么相遇、相知便是一种缘分。刘汉俊与海南的缘分,是刘汉俊之幸,更是海南之福。李白曾云,大块假我以文章。刘汉俊为文之道，是"大块"之道，他优游岁月，披览史料，为人、为物、为事，却不仅仅为文而作。刘汉俊的文章，察时观世，说古道今，它们站在未来，提前为被审判的时间作出判决。他让我们懂得，好的散文，是一切文体之上的文体，它们以最匍匐的姿态，阐释最昂扬的力量，终将浮出历史的地表，超越时代的局限，它们在一切写作之上，在万事万物之上。

叶舟由诗而入散文，他的散文仍难得地葆有高蹈轻扬的诗性和从容不迫的诗心。古老的甘肃，堆积着西北中国的民间故事和壮阔历史，叶舟以诗人般敏锐的观察、鲜活的灵感、独特的想象和拳拳的赤子之心，将这些故事和历史收纳进他的如椽巨笔之下。叶舟擅长叙事，他的散文如诗行般跳跃，却雍容华贵、气韵悠长。他对于丝绸之路历史的描述有着独特的理解和体认，他生动地向我们展示了一个被人遗忘的文明世界，每一段岁月的纹路，每一次幽远的回溯，都无比精彩，深邃高远，令人难忘。

从年节民俗、乡土伦理中走出来的郭文斌，宽柔，慈敏，面上灭除忧喜色，胸中消尽是非心。他的为文，就像他的为人一样，谦卑中有傲岸，安详中有叱咤风云。他用悲悯的目光打量着世界，世界也以慈悲的胸怀拥抱着他。郭文斌那至为敏锐、清新与优美的语言，以及驾驭这些语言的高超的技巧，使得他拥有众多的拥趸。他们在他的文章里找到了内心的吉祥如意，找到了远离喧嚣纷扰的精神上的世外桃源，这也使得他的文字和他的思想都成为中华民族传统的一部分，这是中华民族的浪漫和诗意，如大地一样广袤敦厚，雍容包藏。

望之若新，忽焉若旧；望之若刚，忽焉若柔；望之若春，忽焉若秋；望之若华丽，忽焉若朴素。这是贾梦玮对文学的期待，又何尝不是他对自己的期待？秦淮河水仍静静地流淌着。贾梦玮伫立河畔，许多许多个世纪之前的故事就这样缓缓流淌在他的笔端，如同身边荡漾的水波。蹉跎暮容色，煊赫旧家声，六朝古都南京的历史况味如此富饶、丰盈，那些温馨和美好、张扬和放肆、落寞和枯索、无奈和参悟，此时此刻，都与河水一道，潺潺而来，怨而不怒，哀而不伤。在旧日旧事中捡拾淘洗的历史，不仅有着沧桑的面容，更有着清晰的年轮、流淌的血脉。

人事必将有天事相参，然后乃可以成功。1500年前，刘勰针对当时泛滥一时的讹滥浮靡文风，提出文章之用在于"五礼资之以成，六典因之致用。君臣所以炳焕，军国所以昭明。"而今，刘勰的感慨更值得我们深思。《丝绸之路名家精选文库》的宗旨也恰在于此——以文载道，以文言道，以文释道，以文明道。

一个时代有一个时代的气象，一个时代有一个时代的文化。正是文化血脉的蓬勃，完成了时代精神的延续。中国散文近年来以汪洋肆意的姿态在生长，可谓千姿百态、异彩纷呈，而且作为一个文学门类，它在虚构与非虚构两端都各趋成熟。在我们的散文写作中，越来越多年轻的、德才兼备的散文作家丰富着我们的园地，他们职好不同，风格迥异，文字或剑拔弩张、锋芒逼人，或野趣盎然、生机勃勃，或和煦如春、温润如玉。这些散文家的写作，构成了中国当下散文创作一个不可忽视的事实：家国情绪，时代华章。

这套文库总计150余万字。翻阅完这部作品，不禁想起莎士比亚那句意味深长的话：

"凡是过去，皆为序章。"

李 舫
2017年4月

青海湖诗歌宣言

青海是人类诗和歌的最早摇篮之一,在长江、黄河和澜沧江的发源地,在苍茫的雪域高原,诗的圣灵之光,召唤我们来自中国和世界各国的诗人,相聚中国美丽的青海湖畔,在这里见证一个事实,那就是以诗人的良知和诗歌的神圣,庄严发布青海湖诗歌宣言。

首先,我们确信,自远古至今,人类最伟大的精神创造就是拥有了诗歌。诗歌诞生于古代先民中的智者同神灵的对话和与自我的交流,因而诗歌是人类走出混沌世界的火把。诗歌是人类话语领域最古老的艺术形式，因而也是最具有生命力和感染力的艺术。无论过去还是现在，诗歌都是不可或缺的。它是滋润生命的雨露和照耀人性的光芒，只有它能用纯粹的语言，把一切所及之物升华为美。诗歌站在人类精神世界的前沿并且永远与人类精神生活中一切永恒的主题紧密相连。回顾刚刚过去的100年，人类为自己创造了太多的光荣，也酿造了太多的屈辱；经受了沉重的痛苦和灾难，也激发了一次又一次的历史变革和思想奋进！工具理性的飞速发展，充分开发了人类潜在的智能，把科学技术和物质文明推向了前所未有的高峰，人类在开发生存环境和开发自我的过程中，获得了前所未有的自由，同时我们的精神世界也变得浮躁和窒息，对机器与技术的过分依赖，正在使我们的生命丧失主体性和原创力。既然诗歌是民族文化的精粹和人类智慧的结晶，诗就应该是人类良知的眼睛，为此我们只有共同携起手来，弘扬诗歌精神，才能营造出人类精神家园的幸福与和谐。世界各国的诗人，虽然有着不同的宗教信仰和文化背景，却有一颗同样圣洁的诗心。现在，我们站在离太阳最近的地方，向全世界的诗人们呼唤：在当今全球语境下，我们将致力于恢复自然伦理的完整性，我们将致力于达成文化的沟通和理解，我们将致力于维护对生活的希望和信念，我们将致力于推进人类之间的关爱和尊重，我们将致力于创建语言的纯洁和崇高。我们将以诗的名义反对暴力和战争，扼制灾难和死亡，缔造人类多样化的和谐共存，从而维护人的尊严。我们将致力于构建人与自然、人与社会、人与文化、人与人之间的诗意和谐。这无疑是诗的责任，同样也是诗的使命。我们永远也不会停止对诗歌女神的呼唤。我们在这里，面对圣洁的青海湖承诺：我们将以诗的名义，把敬畏还给自然，把自由还给生命，把尊严还给文明，让诗歌重返人类生活。

在"首届青海湖国际诗歌节"上的演讲

2007年8月9日

一个诗人的青海情怀

大美青海的历史和生态

中国现代诗歌的发展从"五四"以来已经历了近100年,在这个时间段里,一代代诗人进行了艰苦卓绝的语言实践,涌现出很多经典作品。我们回顾新诗发展的历史时,需要结合当前诗歌发展进行一些有针对性的思考。大家知道,习近平总书记主持召开的文艺工作座谈会就中国社会主义文艺的发展,特别是文艺朝什么方向走,有很多新的思想和理论。对于诗歌来说,要加强主体意识和以人民为中心的创作导向。目前,中国新诗在技巧探索上已形成非常多元的状态,但真正有深刻思想、有人类意识、有穿透力的作品还不多,让诗歌更有力度和温度也是当下很多读者的期待。

今天,我想通过在青海的经历来谈谈《嘉那嘛呢石上的星空》和《我,雪豹……》这两首诗的形成过程,把我这些年对青海的文化思考做一个分享,其目的是想说明,真正的诗歌和你所经历、见证的世界密切相连。

长期以来,人们对青海的认识有一定局限性。当我们研究民族关系和民族文化时,一般会从更大的区域分割去看问题,容易把青海忽视:比如藏族文化,人们更多是谈西藏,把青海的藏族文化忽略;谈到回族文化,更多是说宁夏,忽视了青海的回族文化。这样,青海似乎处于一个"凹口",不到青海,人们很难对其文化有准确认识。我2006年到青海工作,相继担任副省长和省委常委、宣传部长,共有9年时间,我深深感受到,青海是一个非常有灵气的地方。

到一个地方先要了解它的历史。从地缘上看,青海在中国西部是一个咽喉之地,世代居住有汉族、蒙古族、回族、藏族、撒拉族、土族6个民族,大部分民族在青海生活的时间可以追溯到汉代前后。当我们研究中国西部的民族关系史时，会发现青海是一个"活化石"，在这里可以看到多民族形成和迁徙的过程，实际上就是你中有我、我中有你、交融发展的过程。比如撒拉族在13世纪从土库曼斯坦、乌兹别克斯坦进入中国，他们穿过中亚，经过新疆，最后进入青海。迁徙后的撒拉族社会女性极少，为了民族的繁衍生息，撒拉人向邻近的藏族人求婚，因此，撒拉人把藏族人称为"阿让"，藏语意为"舅舅"。此外，今天中国西南有大量少数民族，其中大部分都和羌人南迁有关系，而羌人历史上正是生活在青海。可见，青海在中华民族多元一体民族关系的形成过程中具有重要作用。

青海还具有独特的生态地位，这方面也存在着一些认识上的误区。比如说起可可西里，很多人都以为在西藏，实际上可可西里的基本地域是在青海。今天，青海可可西里国家级自然保护区位于青海省玉树藏族自治州西部，总面积450万公顷，是地球"第三极"（青藏高原）的动物王国，特别重要。青海还有"三江源"——长江、黄河、澜沧江的源头汇水区，众所周知，三江源在中华文明形成过程中具有特殊的生态地位。据不完全统计，长江约26%的水流量是在青海，而黄河达到约50%。澜沧江从青海流出的水量约占总体的16%，我们知道澜沧江流域很长，在云南出境后被称为湄公河。作为一条国际性河流，在发源地有16%的水流量很了不起。随着生态文明建设的深入，我们必须从更高的层面来认识青海的地理生态文化，今天，能不能保护好三江源，保护好青海生态，不光是青海560万各族人民的责任，也是全体中国人民的责任，是中国人民对地球村做出的承诺。

青海多民族文化影响人、启发人

除了历史和生态外，青海的文化极为丰富灿烂。在青海这9年，很多朋友问我，作为作家和诗人，你在这里最大的收获和启发是什么？我告诉他们，到青海之后，你会充分感受到多民族文化多元共生的活力和创作力。首先，我建议朋友们听听青海的花儿，西北人都唱花儿，包括新疆、甘肃、宁夏和陕西的一部分，但青海花儿有其独特性。中国著名作曲家赵季平在青海采风时曾说，青海花儿的原真性是别的地方没有的，保持了花儿原生态特点，有艺术的根性。但同时，青海各民族在演唱花儿时也把各自的音乐基因和元素带到其中，随着民族文化交融，花儿在某种意义上就是诗。我举个例子，有一首花儿用白话说是这样的：爬上高山望平川，平川上有一朵牡丹，看起来容易，摘在手上难，摘不到，心里已惘然。这是路人唱给女性的爱情歌曲，简直相当于欧洲的印象派诗歌。这些民歌如此精到，这片土地上的人民是诗性的人民，他们对整个社会和外在生活的理解都通过诗的方式来表达，这是对我们诗人的教育。对民间文化价值的认识，可以说是给我重新上了一课。作为一个诗人，过去我的文化来源于三个方面：彝族史诗传统，汉语积淀的诗歌传统，以及外国文学。到青海后，民间文化对我的影响是非常直接的。

其次，我想说说《格萨尔》史诗。《格萨尔》史诗是全世界最长的一部活态史诗，已成为世界非物质文化遗产。这部史诗到底有多长，坦率说，还没有一个最完整的版本。青海的《格萨尔》史诗演唱艺人非常多，目前，中国只有青海一个省份同时拥有有两个文化保护试验区，分别是热贡文化保护试验区和格萨尔文化保护试验区。格萨尔是个真实人物，他出生在四川，7岁后到了青海果洛，《格萨尔》史诗诞生在青海，里面很多故事和人物都和青海黄河流域有直接联系。诗歌很有意思，很多诗歌作品是对自然生命的体验。《格萨尔》史诗来源于民间，其语言的节奏和恢弘的气势，对新诗创造有潜移默化的影响。

第三，到了青海，你会发现中国确实是幅员辽阔的国家。生活在这样一个高原地带，民族能够生存下来，会产生很多哲学思考、宗教思考。9年来，我走过了青海很多重要的寺庙，真切感受到离天空很近的感觉，就像康德所说的"仰望星空的人"，面对雪山就像看到燃烧的火焰，所想的必然是一些人类的终极命题，比如生命的意义，比如怎么理解个人生命价值和人类共同生命价值的关系等等。

第四，是青海人的达观。2010年玉树地震后，我第一时间到了灾区，负责新闻宣传工作。玉树地震是不幸的，人民蒙受了巨大的生命财产损失，地震后，我国创造了一个人类历史上高海拔救援的成功范例，当时90%的伤员都是用飞机运到成都、西宁等地救治的，致残率非常低。生活在玉树的97%都是藏族人，地震之后，藏族人民在悲痛之余，对死亡的独特认识使我深受教育。他们珍惜生命，但当生命离去时，他们有独特的信仰，凭着对生命的理解从悲伤中慢慢恢复。

诗歌的生命来源于现实

玉树地震后，我在那里一直想写点东西。地震当天我写了一首歌曲《献给明天》，但怎么用诗写出青藏高原上人们对生命的理解，我一直在琢磨，要有思想深度，要放在哲学层面上思考。有一天晚上，我走到玉树的嘉那嘛呢石经城，这是目前全世界人工堆放石头数量最多的石堆，由25亿块嘛呢石堆放而成。每一块嘛呢石上都刻有六字真言和一些经文。当时，玉树地震已经过去1个多月，夜晚天空群星灿烂，好像有很远的白塔慢慢上升，群山好像慢慢变得透明，野外的牦牛都像水晶一样。这个时候，我告诉自己，要写一首《嘉那嘛呢石上的星空》献给青藏高原上的藏族人民，他们生活在这片土地上，他们的爱和生命与这片土地紧紧相连。我回到帐篷里用两个小时写了初稿，第二天一早，我4点就起床，又用了3个小时把这首诗完成。《嘉那嘛呢石上的星空》发表后，很多藏族人民给予高度评价，现在全世界有19个国家的诗歌选集选入了这首长诗。为什么这首诗会被别的国家和民族翻译？我想不是因为别的，就是因为其来自中国这片热土，来自当下人民的生活。这首诗的写作来源于对青藏高原特别是玉树这个神奇地方的理解，与青海的历史文化背景紧密联系。诗歌要达到一定的高度、要感人，必然是来源于生活的，经过诗人的灵魂过滤。

2013年，我又写了一首长诗《我，雪豹……》。雪豹是濒危保护动物，但长期以来，却一直是人类狩猎和捕杀的对象。世界上有很多动物学家关注和研究雪豹，其中最著名的莫过于乔治·夏勒。作为世界上最杰出的野生动物学家之一，乔治·夏勒早在上世纪80年代就进入中国青海追寻和考察雪豹生存状况，至今已有30多年。今年，乔治·夏勒已经82岁，但仍然每年都到海拔4000米以上的青藏高原生活两到三个月。我非常崇敬乔治·夏勒对动物保护做出的卓越贡献，他在青海期间，我与他有过多次接触。他告诉我，现在全世界雪豹的数量无法精确计算，预测还有1万多只，经过连续多年的考察，三江源是目前全世界雪豹分布最集中的一个地方，约有五六千只。雪豹是一种神秘的动物，在海拔4000米到5000米之间的雪线出没，生活在乱石丛里，非常隐秘，并且只有夜晚才出来，它们可以在绝壁上上下飞奔。在藏族宗教信仰中，雪豹是神秘而有灵性的动物。现在，国家高度重视濒危动物保护，设立了雪豹保护区严格管理，尽管如此，每年仍有约几十只雪豹被猎杀，在乔治·夏勒看来，这是人类的悲剧。人生活在生物链里，如果越来越多的生物链打破，最后必然危及人类的生存环境。有道义、有情怀的人都应关注地球上的生命，我们对动物的关注，实际上是对人类赖以生存的地球村的关注，也是对人类自身的关注。人类对地球的罪行累累，已经敲响了警钟，我写《我，雪豹……》这首诗是献给乔治·夏勒先生的，向他致敬，也是想唤醒更多人热爱自然，热爱地球上的不同的生命，对地球生物多样性的保护要提高到道德的高度。

作为一个诗人，在青海这9年，我受到这片土地丰厚的历史文化滋养，这种滋养一方面是提升我的思想高度，另一方面是提供了思考问题的载体。一个优秀的作家要有强大的精神背景，才能写出好的作品。在我的诗歌创作历程中，有为数不少的诗作是在青海完成的，作品的质量也有飞跃。有机会到青海工作9年是我的幸运，这对我以后的创作都会有极大的作用。

对于诗歌，我的体会是，一首诗歌是不是真正有生命的温度，取决于诗人对生命和生活的理解。比如普希金，他的诗歌中对祖国的热爱，对土地的热爱，对自由的赞颂，对生命的敬畏，对穷苦大众的关注，体现了深厚的人道主义精神，这些都来源于他对生活的理解。2015年是中国人民抗日战争暨世界反法西斯战争胜利70周年，前不久我在编辑一些与70周年纪念有关的经典诗歌作品时，回顾这些诗歌，我受到很多启发：在战争年代，在国家和民族面临生死存亡的时刻，诗人应该具有怎样的态度。1984年获得诺贝尔文学奖的捷克著名诗人雅罗斯拉夫·塞弗尔特认为，母亲摇篮的吱咯声，母亲吟唱催眠曲，比刺刀和子弹对人类更重要。当下虽然是和平时期，但人类仍然有很多共同的精神困境，需要全人类共同承担责任，而诗人要给今天的人民更多的希望。一些经典的反法西斯战争诗歌到现在仍有魅力，比如苏联诗人西蒙莫夫的《旗》。这首诗很简单，"旗不能点燃香烟\开玩笑也不能在旗的下面\和旗的旁边"，"血——不是脏东西\而被打死的人\如果确实是英雄\可以用旗\暂时遮蔽\永久的盖着\它却不允许\因为活着的人更需要旗……"又比如艾青的《号手》，无论是美学思考还是诗歌语言把握，都是中国新诗的经典。

在国家不幸时，诗人站在民族危机的最前列，写出重要作品；在和平时期，诗人也不能丧失文学立场和艺术立场。中国当代诗人不缺乏写作技巧，缺的是写出既关注个体生命，又关注人类集体命运的作品。现在诗歌创作面临的最大挑战是真正反映现实、表达对现实思考的作品太少。其实，在中国历史上，如果我们回过头仔细研究唐诗宋词，会发现即使是李白这样的浪漫主义诗人，他的一生也充满着悲欢离合，他的诗作在具有浪漫性的同时，也充满着对时代的见证和记录。中国诗歌史上的经典作品都不是无病呻吟的，无一例外。现在我们的诗歌不乏语言精致的作品,但缺少有思想有力度的大气之作,对现实的折射更多是从小我出发,不具有人类意识和生命意识。我并不反对诗歌呈现自我,我反对的是不具有人类意识,对社会、世道、人心没有意义的作品,一个诗人最大的问题是缺乏真诚。

　　诗人写一首诗歌,写完变成公众读物后,跟诗人就没有直接关系了。从接受美学看,在听别人朗诵我的诗歌时,我会思考,我的想法是否都实现了?诗人写诗时追求的是个体生命对生活的理解,但通过语言文字,能为他人的生命带来启发和思考。诗歌不是一个简单的概念,而是人类语言艺术中高级的精神存在,诗是有人民性的,别人通过阅读你的诗产生心灵的碰撞和交流,诗歌也因此得以引领和提升。

在北京民族文化宫的演讲

2016年1月3日

附一

嘉那嘛呢石[1]上的星空

是谁在召唤着我们?
石头,石头,石头
那神秘的气息都来自于石头
它的光亮在黑暗的心房
它是六字真言的羽衣
它用石头的形式
承载着另一种形式

每一块石头都在沉落
仿佛置身于时间的海洋
它的回忆如同智者的归宿
始终在生与死的边缘上滑行
它的倾诉在坚硬的根部

---

[1] 嘉那嘛呢石:玉树以嘉那命名的嘛呢石堆,石头上均刻有藏族经文,其数量为藏区嘛呢石之最,据不完全统计,有25亿块嘛呢石。

像无色的花朵
悄然盛开在不朽的殿堂
它是恒久的纪念之碑
它用无言告诉无言
它让所有的生命相信生命
石头在这里
就是一本奥秘的书
无论是谁打开了首页
都会目睹过去和未来的真相
这书中的每一个词语都闪着光
雪山在其中显现
光明穿越引力，蓝色的雾霭
犹如一个飘渺的音阶

每一块石头都是一滴泪
在它晶莹的幻影里
苦难变得轻灵，悲伤没有回声
它是唯一的通道
它让死去的亲人，从容地踏上
一条伟大的旅程
它是英雄葬礼的真正序曲

在那神圣的超度之后
山峦清晰无比，牛羊犹如光明的使者
太阳的赞辞凌驾于万物
树木已经透明，意识将被遗忘
此刻，只有那一缕缕白色的炊烟
为我们证实
这绝不是虚幻的家园
因为我们看见
大地没有死去，生命依然活着
黎明时初生婴儿的啼哭
是这片复活了的土地
献给万物最动人的诗篇

嘉那嘛呢石，我不了解
这个世界上还有没有比你更多的石头
因为我知道
你这里的每一块石头
都是一个不容置疑的个体生命
它们从诞生之日起
就已经镌刻着祈愿的密码
我真的不敢去想象

二十五亿块用生命创造的石头
在获得另一种生命形式的时候
这其中到底还隐含着什么?

嘉那嘛呢石,你既是真实的存在
又是虚幻的象征
我敢肯定,你并不是为了创造奇迹
才来到这个世界
因为只有对每一个个体生命的热爱
石头才会像泪水一样柔软
词语才能被微风千百次地吟诵
或许,从这个意义上而言
嘉那嘛呢石,你就是真正的奇迹
因为是那信仰的力量
才创造了这超越时间和空间的永恒

沿着一个方向,嘉那嘛呢石
这个方向从未改变,就像刚刚开始
这是时间的方向,这是轮回的方向
这是白色的方向,这是慈航的方向
这是原野的方向,这是天空的方向

因为我已经知道
只有从这里才能打开时间的入口

嘉那嘛呢石,在子夜时分
我看见天空降下的甘露
落在了那些新摆放的嘛呢石上
我知道,这几千块石头
代表着几千个刚刚离去的生命
嘉那嘛呢石,当我瞩望你的瞬间
你的夜空星群灿烂
庄严而神圣的寂静依偎着群山
远处的白塔正在升高
无声的河流闪动着白银的光辉
无限的空旷如同燃烧的凯旋
这时我发现我的双唇正离开我的身躯
那些神授的语言
已经破碎成无法描述的记忆
于是,我仿佛成为了一个格萨尔传人
我的灵魂接纳了神秘的暗示

嘉那嘛呢石,请你塑造我

是你把全部的大海注入了我的心灵
在这样一个蓝色的夜晚
我就是一只遗忘了思想和自我的海螺
此时,我不是为吹奏而存在
我已是另一个我,我的灵魂和思想
已经成为了这片高原的主人
嘉那嘛呢石,请倾听我对你的吟唱
虽然我不是一个合格的歌者
但我的双眼已经泪水盈眶!

附二

我，雪豹……
——献给乔治·夏勒❷

1

流星划过的时候

我的身体，在瞬间

被光明烛照，我的皮毛

燃烧如白雪的火焰

我的影子，闪动成光的箭矢

犹如一条银色的鱼

消失在黑暗的苍穹

我是雪山真正的儿子

守望孤独，穿越了所有的时空

潜伏在岩石坚硬的波浪之间

我守卫在这里——

---

❷ 乔治·夏勒（1933年—   ）：美国动物学家、博物学家、自然保护主义者和作家。他曾被美国《时代周刊》评为世界上三位最杰出的野生动物研究学者之一，也是被世界所公认的最杰出的雪豹研究专家。

在这个至高无上的疆域
毫无疑问，高贵的血统
已经被祖先的谱系证明
我的诞生——
是白雪千年孕育的奇迹
我的死亡——
是白雪轮回永恒的寂静
因为我的名字的含义：
我隐藏在雾和霭的最深处
我穿行于生命意识中的
另一个边缘
我的眼睛底部
绽放着呼吸的星光
我思想的珍珠
凝聚成黎明的水滴
我不是一段经文
刚开始的那个部分
我的声音是群山
战胜时间的沉默
我不属于语言在天空
悬垂着的文字

我仅仅是一道光
留下闪闪发亮的纹路
我忠诚诺言
不会被背叛的词语书写
我永远活在
虚无编织的界限之外
我不会选择离开
即便雪山已经死亡

2

我在山脊的剪影,黑色的
花朵,虚无与现实
在子夜的空气中沉落

自由地巡视,祖先的
领地,用一种方式
那是骨血遗传的密码

在晨昏的时光,欲望
就会把我召唤

穿行在隐秘的沉默之中

只有在这样的时刻
我才会去，真正重温
那个失去的时代……

3

望着坠落的星星
身体漂浮在宇宙的海洋
幽蓝的目光，伴随着
失重的灵魂，正朝着
永无止境的方向上升
还没有开始——
闪电般的纵身一跃
充满强度的脚趾
已敲击着金属的空气
谁也看不见，这样一个过程
我的呼吸、回忆、秘密的气息
已经全部覆盖了这片荒野
但不要寻找我，面具早已消失……

4

此时，我就是这片雪域
从吹过的风中，能聆听到
我骨骼发出的声响
一只鹰翻腾着，在与看不见的
对手搏击，那是我的影子
在光明和黑暗的
缓冲地带游离
没有鸟无声的降落
在那山谷和河流的交汇处
是我留下的暗示和符号
如果一只旱獭
拼命地奔跑，但身后
却看不见任何追击
那是我的意念
已让它感到了危险
你在这样的时刻
永远看不见我，在这个
充满着虚妄、伪善和杀戮的地球上

我从来不属于
任何别的地方!

5

我说不出所有
动物和植物的名字
但这却是一个圆形的世界
我不知道关于生命的天平
应该是,更靠左边一点
还是更靠右边一点,我只是
一只雪豹,尤其无法回答
这个生命与另一个生命的关系
但是我却相信,宇宙的秩序
并非来自于偶然和混乱
我与生俱来——
就和岩羊、赤狐、旱獭
有着千丝万缕的依存
我们不是命运——
在拐弯处的某一个岔路
而更像一个捉摸不透的谜语

我们活在这里已经很长时间
谁也离不开彼此的存在
但是我们却惊恐和惧怕
追逐和新生再没有什么区别……

6

我的足迹,留在
雪地上,或许它的形状
比一串盛开的
梅花还要美丽
或许它是虚无的延伸
因为它,并不指明
其中的奥妙
也不会预言——
未知的结束
其实生命的奇迹
已经表明,短暂的
存在和长久的死亡
并不能告诉我们
它们之间谁更为重要?

这样的足迹，不是
占卜者留下的，但它是
另一种语言，能发出
寂静的声音
惟有起风的时刻，或者
再来一场意想不到的大雪
那些依稀的足迹
才会被一扫而空……

7

当我出现的刹那
你会在死去的记忆中
也许还会在——
刚要苏醒的梦境里
真切而恍惚地看见我：
是太阳的反射，光芒的银币
是岩石上的几何，风中的植物
是一朵玫瑰流淌在空气中的颜色
是一千朵玫瑰最终宣泄成的瀑布
是静止的速度，黄金的弧形

是柔软的时间,碎片的力量
是过度的线条,黑色+白色的可能
是光铸造的酋长,穿越深渊的0
是宇宙失落的长矛,飞行中的箭
是被感觉和梦幻碰碎的
某一粒逃窜的晶体
水珠四溅,色彩斑斓
是勇士佩带上一颗颗通灵的贝壳
是消失了的国王的头饰
在大地子宫里的又一次复活

8

二月是生命的季节
拒绝羞涩,是燃烧的雪
泛滥的开始
野性的风,吹动峡谷的号角
遗忘名字,在这里寻找并完成
另一个生命诞生的仪式
这是所有母性——
神秘的词语和诗篇

它只为生殖之神的

降临而吟诵……

追逐 离心力 失重 闪电 弧线

欲望的弓 切割的宝石 分裂的空气

重复的跳跃 气味的舌尖 接纳的坚硬

奔跑的目标 颌骨的坡度 不相等的飞行

迟缓的光速 分解的摇曳 缺席的负重

撕咬 撕咬 血管的磷 齿唇的馈赠

呼吸的波浪 急遽的升起 强烈如初

捶打的舞蹈 临界死亡的牵引 抽空 抽空

想象 地震的战栗 奉献 大地的凹陷

向外渗漏 分崩离析 喷泉 喷泉 喷泉

生命中坠落的倦意 边缘的颤抖 回忆

雷鸣后的寂静 等待 群山的回声……

9

在峭壁上舞蹈

黑暗的底片

沉落在白昼的海洋

从上到下的逻辑
跳跃虚无与存在的山涧
自由的领地
在这里只有我们
能选择自己的方式
我的四肢攀爬
陡峭的神经
爪子踩着岩石的
琴键，轻如羽毛
我是山地的水手
充满着无名的渴望
在我出击的时候
风速没有我快
但我的铠甲却在
空气中嘶嘶发响
我是自由落体的王子
雪山十二子的兄弟
九十度的往上冲刺
一百二十度的骤然下降
是我有着花斑的长尾
平衡了生与死的界限……

10

昨晚梦见了妈妈
她还在那里等待，目光幽幽

我们注定是——
孤独的行者
两岁以后，就会离开保护
独自去证明
我也是一个将比我的父亲
更勇敢的武士
我会为捍卫我高贵血统
以及那世代相传的
永远不可被玷污的荣誉
而流尽最后一滴血

我们不会选择耻辱
就是在决斗的沙场
我也会在临死前
大声地告诉世人

——我是谁的儿子!
因为祖先的英名
如同白雪一样圣洁
从出生的那一天
我就明白——
我和我的兄弟们
是一座座雪山
永远的保护神

我们不会遗忘——
神圣的职责
我的梦境里时常浮现的
是一代代祖先的容貌
我的双唇上飘荡着的
是一个伟大家族的
黄金谱系!

我总是靠近死亡,但也凝视未来

11

有人说我护卫的神山
没有雪灾和瘟疫
当我独自站在山巅
在目光所及之地
白雪一片清澈
所有的生命都沐浴在纯净的
祥和的光里。远方的鹰
最初还能看见,在无际的边缘
只剩下一个小点,但是,还是同往常一样
在蓝色的深处,消失得无影无踪
在不远的地方,牧人的炊烟
袅袅轻升,几乎看不出这是一种现实
黑色的牦牛,散落在山坳的低洼中
在那里,会有一些紫色的雾霭,漂浮
在小河白色冰层的上面
在这样的时候,灵魂和肉体已经分离
我的思绪,开始忘我地漂浮
此时,仿佛能听到来自天宇的声音
而我的舌尖上的词语,正用另一种方式

在这苍穹巨大的门前,开始
为这一片大地上的所有生灵祈福……

12

我活在典籍里,是岩石中的蛇
我的命是一百匹马的命,是一千头牛的命
也是一万个人的命。因为我,隐蔽在
佛经的某一页,谁杀死我,就是
杀死另一个看不见的,成千上万的我
我的血迹不会留在巨石上,因为它
没有颜色,但那样仍然是罪证
我销声匿迹,扯碎夜的帷幕
一双熄灭的眼,如同石头的内心一样隐秘
一个灵魂独处,或许能听见大地的心跳?
但我还是只喜欢望着天空的星星
忘记了有多长时间,直到它流出了眼泪

13

一颗子弹击中了

我的兄弟，那只名字叫白银的雪豹
射击者的手指，弯曲着
一阵沉闷的牛角的回声
已把死亡的讯息传遍了山谷
就是那颗子弹
我们灵敏的眼睛，短暂的失忆
虽然看见了它，像一道红色的闪电
刺穿了焚烧着的时间和距离
但已经来不及躲藏
黎明停止了喘息
就是那颗子弹
它的发射者的头颅，以及
为这个头颅供给血液的心脏
已经被罪恶的账簿冻结
就是那颗子弹，像一滴血
就在它穿透目标的那一个瞬间
射杀者也将被眼前的景象震撼
在子弹飞过的地方
群山的哭泣发出伤口的声音
赤狐的悲鸣再没有停止
岩石上流淌着晶莹的泪水

蒿草吹响了死亡的笛子
冰河在不该碎裂的时候开始巨响
天空出现了地狱的颜色
恐惧的雷声滚动在黑暗的天际

我们的每一次死亡，都是生命的控诉！

14

你问我为什么坐在石岩上哭？
无端的哭，毫无理由的哭
其实，我是想从一个词的反面
去照亮另一个词，因为此时
它正置身于泪水充盈的黑暗
我要把埋在石岩阴影里的头
从雾的深处抬起，用一双疑惑的眼睛
机警地审视危机四伏的世界
所有生存的方式，都来自于祖先的传承
在这里古老的太阳，给了我们温暖
伸手就能触摸的，是低垂的月亮
同样是它们，用一种宽厚的仁慈

让我们学会了万物的语言,通灵的技艺
是的,我们渐渐地已经知道
这个世界亘古就有的自然法则
开始被人类一天天地改变
钢铁的声音,以及摩天大楼的倒影
在这个地球绿色的肺叶上
留下了血淋淋的伤口,我们还能看见
就在每一分钟的时空里
都有着动物和植物的灭绝在发生
我们知道,时间已经不多
无论是对于人类,还是对于我们自己
或许这已经就是最后的机会
因为这个地球全部生命的延续,已经证实
任何一种动物和植物的消亡
都是我们共同的灾难和梦魇
在这里,我想告诉人类
我们大家都已无路可逃,这也是
你看见我只身坐在岩石上,为什么
失声痛哭的原因!

15

我是另一种存在,常常看不见自己
除了在灰色的岩石上重返
最喜爱的还是,繁星点点的夜空
因为这无限的天际
像我美丽的身躯,幻化成的图案

为了证实自己的发现
轻轻地呼吸,我会从一千里之外
闻到草原花草的香甜
还能在瞬间,分辨出羚羊消失的方位
甚至有时候,能够准确预测
是谁的蹄印,落在了山涧的底部

我能听见微尘的声音
在它的核心,有巨石碎裂
还有若隐若现的银河
永不复返地熄灭
那千万个深不见底的黑洞
闪耀着未知的白昼

我能在睡梦中,进入濒临死亡的状态
那时候能看见,转世前的模样
为了减轻沉重的罪孽,我也曾经
把赎罪的钟声敲响

虽然我有九条命,但死亡的来临
也将同来世的新生一样正常……

16

我不会写文字的诗
但我仍然会——用自己的脚趾
在这白雪皑皑的素笺上
为未来的子孙,留下
自己最后的遗言

我的一生,就如同我们所有的
先辈和前贤一样,熟悉并了解
雪域世界的一切,在这里
黎明的曙光,要远远比黄昏的落日

还要诱人，那完全是
因为白雪反光的作用
不是在每一个季节，我们都能
享受幸福的时光
或许，这就是命运和生活的无常
有时还会为获取生存的食物
被尖利的碎石划伤
但尽管如此，我欢乐的日子
还是要比悲伤的时日更多

我曾看见过许多壮丽的景象
可以说，是这个世界别的动物
当然也包括人类，闻所未闻
不是因为我的欲望所获
而是伟大的造物主对我的厚爱
在这雪山的最高处，我看见过
液态的时间，在蓝雪的光辉里消失
灿烂的星群，倾泻出芬芳的甘露
有一束光，那来自宇宙的纤维
是如何渐渐地落入了永恒的黑暗

是的,我还要告诉你一个秘密
我没有看见过地狱完整的模样
但我却找到了通往天堂的入口!

17

这不是道别
原谅我!我永远不会离开这里
尽管这是最后的领地
我将离群索居,在人迹罕至的地方

不要再追杀我,我也是这个
星球世界,与你们的骨血
连在一起的同胞兄弟
让我在黑色的翅膀笼罩之前
忘记虐杀带来的恐惧

当我从祖先千年的记忆中醒来
神授的语言,将把我的双唇
变成道具,那父子连名的传统
在今天,已成为反对一切强权的武器

原谅我！我不需要廉价的同情
我的历史、价值体系以及独特的生活方式
是我在这个大千世界里
立足的根本所在，谁也不能代替！

不要把我的图片放在
众人都能看见的地方
我害怕，那些以保护的名义
对我进行的看不见的追逐和同化！

原谅我！这不是道别
但是我相信，那最后的审判
绝不会遥遥无期……！

青海,最后净土的入口与文化创意

青海是中国文化的发祥地之一,尤其是我们的昆仑神话。昆仑神话可以说是中国文化最重要的根脉之一,而有关昆仑神话的大量文化遗迹和遗址就在青海。人类进入了21世纪之后很多国家和民族都在重新诠释自己的神话。重新诠释神话我想不是偶然的,当离出发点越来越远的时候,人类往往会回望自己的过去、回望自己的童年,特别是在重塑自己的文化的时候,要找到一些最根本的东西,也就是人类的文化根基。

青海可以说是中国昆仑神话的重要

遗址留存地，也可以说是中国昆仑神话最重要的发祥地之一。从这个角度来说，青海是文化寻根者们"烧高香"的地方，今天这么多的朋友相聚在广州，相聚在这么有特殊意义的讲坛，我认为也是一种缘分。按照藏传佛教的说法，我们擦肩而过是50年修成的，如果我们成为朋友，像今天这样近距离地交流，这是100年的修为，我们100年前已经有了缘分，所以我非常高兴今天能够在这个地方跟大家见面。

我首先要感谢朋友们对青海的关注，同时我特别希望对青海感兴趣的朋友如果听了我的演讲能够到青海去，看看这个地方壮美的自然风光、人文历史和民族风情，我认为这是给我最大最好的回报。另外我也相信，大家到青海去会体验到一种从未有过的快乐。

现在人类在经历工业化和后工业化时代，特别是像珠三角这样的地方，作为中国改革开放的前沿，应该说是发展非常快的。整个世界如果按照海洋经济分布的话，中国沿海的经济发展与世界其他海洋经济相比，也是发展很快的地区之一。在这种时候，我认为人类恐怕更得寻找一些差异性的东西，我们都在和我们过去的文化、和我们走过的历史进行不断地比较。所以，我希望大家有机会到青海去，去感受这个地方特殊的高原地理、特殊的自然风光和这个地方民族的文化生态。

青海的基本情况

我想简单介绍一下青海的情况,希望大家有一个概括的了解。

过去很多人问我青海有什么标志性的建筑,你去了这么多年能不能给我们介绍一下青海的宗教或者地理人文资源?我跟这些朋友谈的时候,往往会问他们几个问题。首先,长江、黄河和澜沧江的源头在哪里?一般人回答说长江的源头在西藏,黄河的源头在甘肃这一带。这是很多不太熟悉中国地理的人的回答,甚至一些学者在一些学术著作里面也会发生一些误差。前不久有一本书《西藏之水救中国》,这本书在谈到长江、黄河、澜沧江的源头时出现了一个很严重的地理错误。

我在这里并不是说西藏的水对中国不重要,它是非常重要的。西藏是中国的一块宝地,特别是雅鲁藏布江的水,不光对于中国甚至对于整个亚太都是非常重要的。但实际上,长江、黄河和澜沧江都发源于青海。现在黄河水的49%是从青海流下来的,长江水的26%一开始是从青海流出去的,澜沧江作为一条国际性的河流发源于中国，在中国境内要占46%的水源。从这个意义上来说，长江、黄河、澜沧江这三条养育了东方文明的伟大江河都是从青海流出去的。

大家知道河流对于文明来说是非常重要的，世界上最重要的文明，长江文明、黄河文明、尼罗河文明，都和河流有关。人类最早的生活区域必须选择水源非常充足的地方，这些河流的两岸往往都是最容易、最有利于发展农耕文明的地方。我们向人类的伟大文明致敬都要向这些河流致敬，因为它们养育了人类的历史和文明。长江和黄河对于中华民族尤为重要，这两条江河都是我们的母亲河。我们讨论中华文明时讨论得最多的是中原文明，现在历史学家和大量考古学家发现文明是多源头的。不管怎样，这两条河流，同样包括澜沧江，对中华民族来说都是非常重要的，它们的源头都来自于青海。

还有一些朋友问我，青藏铁路线主要在西藏还是在青海？我告诉大家一个比较准确的数字，整个青藏线总长1956公里，但是有1400公里在青海。很多人问我有没有去过可可西里，在青海过去很多人不了解可可西里。藏羚羊是北京奥运会的5个吉祥物中的一个，这是青海省政府和青海的老百姓共同申报的。藏羚羊主要生活在青海的可可西里，当然它也横跨西藏，有一部分到了西藏，不断地迁徙，但其主要生活区域仍然是在青海。

我过去长期在北京工作，全国31个省、市、自治区大部分我都去过，包括香港和澳门，但是一直没有去过青海。什么原因呢？我想有几个原因。首先，如果想了解藏族文化，多数人认为其代表性区域是西藏，因此无论是从地理还是文化的角度选择，去西藏就不一定去青海；其次，青海虽然生活着很多穆斯林，但如果想了解伊斯兰文化，人们还是会首选宁夏或者是新疆；第三，说到西北文化和高原文化，除了西藏代表的高原文化之外，黄土高原文化往往指的是陕西或者甘肃这些地方的文化。所以，从地缘上来说，很长一段时间，不光是普通老百姓，还包括一些不从事这方面研究的专家学者，恐怕都不了解青海。

实际上，在文化的多元性以及别的很多方面，青海是不可替代的，是具有唯一性和特殊价值的省份。青海有汉族、藏族、回族、土族、撒拉族、蒙古族6个民族，自汉代以来各民族不断迁徙和融合。青海的文化充分体现了中国文化多元的特征，你中有我，我中有你，不断进行交融，相互依存。所以从某种意义说，青海的民族文化也是中华民族文化的一个缩影。

另外，中国特别是西部的很多少数民族，他们在寻根的时候都会寻到青海去，大量西南的少数民族都有从北向南迁徙的历史，他们最早的祭祀活动，从人类学和民族学的角度来说，很多的符号都和青海有着很重要的关系。羌族后裔中的大部分形成了今天西南的少数民族，还有一部分进入中原融入汉族。所以说青海多元的民族关系也是中华民族大家庭特殊性的缩影，我们由此也可以看到中华各民族之间发展、融合的一个演进过程。

青海还有很多特殊地域，很多人并不了解。青海是以青海湖而得名的，每一次国际和国内重要的地理杂志或者旅游机构在评选中国最美的湖泊的时候，不管是"五大湖泊"还是"十大湖泊"都离不开青海湖。很多人问，你们去青海湖有什么东西值得看？我告诉他们，青海湖面积达4500多平方公里，一个青海湖里面可以放4个香港、7个新加坡，你想它的面积有多大。我们有的时候开车去检查工作围着青海湖转一圈，不停地开车要开多长距离呢？360公里。青海湖的自然地貌和文化有很多东西在中国都是唯一的。最近报纸上报道在青海发现了可燃冰，这是中国经济发展最重要的战略储备。据初步探测估计，青海有很多重要的战略性资源，对未来的中国很重要。

青海虽然不是一个民族自治区，而是一个多民族的省，但是少数民族的人口比例在全国占到第三位，超过了很多的自治区。青海现有人口550万，其中藏族120万，回族80万，土族20万，撒拉族10万，蒙古族8万，这些少数民族占了青海总人口的约44%。不同民族丰富的歌舞、音乐、绘画、雕塑、表演等多种艺术表现形式都有其独创性和民族性，这些独具特色的民族文化对于我们今天保护人类口头和非物质文化遗产是非常重要的，其价值是非常高的。青海在历史上就是一个多民族共生共融的地方，不同的民族文化在这个地方共存，在这个地方相互影响，而同时又保留着自身的特点，一直延续到今天。青海作为国家和民族的一块宝地，它是青藏高原和黄土高原的一个连接点，无论是从地缘政治的角度，还是对于国家政权的稳固，或者作为国家资源的储存，青海都是非常重要的。如果从文化美学和历史人文来说，青海无疑具有着灿烂的文化和不可替代的地理资源和文化资源。

谈青海的文化创意和重要文化品牌，离不开对青海的人文历史和地理状况的介绍。青海的人文地理是这些重要的文化事件产生的基础，如果没有这样的地理资源、人文资源甚至是宗教资源，我们也无从谈起对这些文化创意和文化品牌进行新的创造，或者是根据它的地理资源、文化资源、宗教资源这些特殊的优势来创立我们的文化品牌。

青海是一座令人有文化梦想的高原，是一方洋溢着万物和谐的乐土，这是作为一个诗人的我对青海的直觉认识。青海与众不同的地理和特殊的文化，呈现出迥然不同的地理风貌和文化个性。中国其他的省份很难像青海这样。

喜马拉雅山的珠穆朗玛峰是世界最高峰，是一个自然高度，而从中国古文化来说，昆仑文化代表着中华民族的文化高度。昆仑神话是中国最古老的神话，甚至可以说是中国神话的奠基性文化。昆仑山最高峰在青海，那里存留着大量有关昆仑神话的文化遗迹。对于中国人来说，要遵循我们的民族文化，要在世界文化对话和沟通的过程中占一席之地，就不可能忘记我们最古老的、最根基的文化。现在全世界都在重新诠释自己的神话，古罗马的神话、古希腊的神话，多少伟大的诗人、电影导演、文化学者都用不同的方式诠释他们的神话，最重要的一点就是在世界上表明这些古老的民族他们的文化都具有深厚的历史，有久远的文化传统，这一点来说是非常重要的。

青藏高原的地理结构构成了它伟岸的身躯。青海的面积非常大，达72万平方公里，青海的平均海拔在4000米左右。国际上谈论和研究青藏高原的时候，离不开西藏同时也离不开青海。青海和西藏共同构成了地球的第三极，除了南极和北极之外的第三极，现在全世界非常关注这第三极。我说青海是最后净土的入口，因为在青藏高原和黄土高原的节点中，从青海开始我们迈向青藏高原大地阶梯的第一步。如果把青藏高原比喻成大地的阶梯，从蒙古高原开始海拔大约在1700米至1900米左右，从青海开始我们踏上了青藏高原的第一个阶梯，它最高的地方海拔在5000米到8000米，这个高度上青海和西藏是连接在一起的。我过去在北京工作的时候去过5次西藏，并且去的地方很多，但从地貌的角度了解青藏高原，其地理变化最大的就在青海。有一个学者说因为你在青海工作，所以你说青海这个地方好看。我说绝不是，我过去从未去过青海。青海的海拔从1700米一直到8000米，沿着不同的海拔高度往上走就像人在爬楼梯。大家知道，气候、地理环境包括生物，都随海拔而变化，所以生物的多样性和文化的多样性随着海拔的不断提升，会发生很大的变化。

在青海你可以看到蓝色的黄河谷，别的什么地方有蓝色的黄河？黄河不是黄的吗？不是叫黄河吗？这是过去的概念。黄河作为中国的母亲河，在我们民族的文化意念中象征一个坚韧不屈、历经沧桑的母亲。而黄河有着她最美丽的少女时代，这个少女时代就在青海。所以你看到黄河的少女时代，要找黄河母亲最漂亮的时候就到青海去，一看到蓝色的黄河、黄河的少女时代，你就会想到我们的母亲，想到中华民族走过来的这种沧桑的历史。当然，今天我们的母亲历经了沧桑和5000多年的风雨，从河流来说她的历史更长，她依然很美，但是如果要追寻我们文化的根的话，还是要看她少女时代的形象，她的美完全来自于特殊的自然。

沿着青海这种不同的地理高度再往上走你可以看到草原、湿地，你可以看到戈壁、沙漠，可以看到永久的冻土层、雪山，可以看到盐湖。其地理资源丰富，在全世界也很少能找到这样特殊的高原地貌。它也是高原野生动物的天堂，在这里有高原独有的动物野牦牛、藏羚羊、雪豹。特别是可可西里，这是一个动植物的王国。有一些摄影家把青海称为摄影家的天堂，这绝对不是溢美之词。青海有很多地方是高海拔地区，它的美是超现实主义的，像美国拍的很多大片里的画面，其实在青海就有这样的环境地貌。中国有一个著名的摄影家林森，他带了一批中外的摄影家到青海来。在玉树他们看见了山上的一块巨石，一组超现实主义的景观，令很多摄影家泪流满面。在这种天地自然伟大的造化面前，人是充满敬意的，是渺小的。我对这种特殊的自然景观非常感兴趣，我全世界跑了几十个国家，尤其是南美经常去，因为我喜欢搞文化比较，越是原生态文化丰富的地方我就越愿意去，在那个地方感受人类最初的生活状态。特别是在世界同质化的状态下，文化差异性越大的地方，我越愿意去感受。青海这种地貌，它生成的生物的多样性和文化的多样性是不可多得的，地理资源、宗教资源和文化资源是不可复制的。以高原为主体，青海省的地理结构构成了十分的多样性。草原、山脉、盆地、戈壁、江河、湖泊，尤其是横贯昆仑山发祥地的黄河、长江和澜沧江，对于青海非常重要，对于中国非常重要。

"大美青海"这个概念的形成也不是青海人自己提出来的，这是青海的人文地理和历史文化所决定的。它的这种壮美、这种大美是我们国家自然风光、历史和民族文化非常重要的组成部分。作为中国人，我想我们一定要在祖国的名山大川、在不同的差异性的文化中畅想，我们可以到这些地方去感悟和感思，认识中国古老的昆仑文化和青藏高原文化的多样性，了解我们民族的这种丰富性。我认为在有生之年，我们特别是有很多喜欢文化的学者和喜欢旅游的朋友都应该到青藏高原看一看，特别是到青海看一看。

我在这里想介绍一下，古羌文化所孕育的丰沛的血脉为什么对中华民族的文明非常重要。考古学家证实，青藏高原距今3万年左右有人类活动，有诞生于4000多年前的五人舞蹈彩盆，出土了1万多件各式各样的彩陶，青海有一个柳湾彩陶博物馆，彩陶的出现是农耕文明非常重要的标志。青海发现的距今四五千年的彩陶量非常巨大，现在已经发掘的量可以说是中国的彩陶之最，现在我们推测还有几十万件埋在地下没有动。要用彩陶文化了解中国的古文明，特别是黄河上游、长江上游的文明，青海已经提出了一个很重要的佐证。有些东西不光对中国重要，对于世界来说也是很重要的。人们发现彩陶上的跳舞纹饰最早出现在青海而不是埃及，四五千年前就已记录在我们的古文物上，这些资料对于深入研究中国的舞蹈史和世界的舞蹈史有十分重要的价值。

意大利说面条是意大利人发明的，实际上在青海的考古中已经发现了，全世界第一碗面条就在青海而不在别的地方。青海发掘出来的四五千年前的古文物里发现了竹子做的刀叉，跟现在西方人用的刀叉一样。中国的道教文明等中原文化历史上很早就在青藏高原这个地方进行传播，伊斯兰的文明、藏传佛教的文明、西方的文明和印度文明在这个地方不断地交汇融合，可以说这个地方是多元文化交流并存的地方。它的古文化已经形成了一个非常好的历史传承，一直传承到今天，而这个文化传统从来没有被中断过，就像中国5000年的文明没有被中断过一样。对于研究我们民族的历史，特别是面向未来的时候，这是我们弥足珍贵的财富。

随着青藏线的开通，人们对青海的认识发生了很大的变化。原来有很多人不知道柴达木盆地在什么地方，以为是在新疆，实际上是在青海。青海的盐湖资源非常丰富，现在国内98%的钾肥都是青海生产的。光是满足中国人吃的盐用几百年没有问题，甚至那个盐多到什么程度呢？有一条公路都是用盐铺的，你在全世界找不到这样用盐铺的公路。柴达木盆地中间有很大一块积层是盐的积层。

青海资源非常丰富，可以说是中国的一个聚宝盆。现在已勘探的资源有120多种矿产，差不多有近20种储量在全国排前9位，差不多有10种储量在全国矿产资源排第一位，这些矿产对于未来的战略储备和物质储备是非常重要的。青海有三江源自然保护区，同时青海被称为"中华水塔",其生态地位不光在中国,在世界上都是非常重要的。青海省提出"生态立省",这也是很多朋友所关注的,这到底是一个政治口号还是一个形象宣传?都不是。"生态立省"是我们在青海省落实科学发展观的一个重要举措。青海第一个提出来像在三江源这样的地区我们不追求GDP,我们就是要保护好生态。青海人保护好生态和环境不仅仅是为青海550万人,更是为中华民族,甚至是为人类。长江、黄河、澜沧江所有重要的源头都在青海,我们的资源很丰富,矿产很丰富,水能很丰富,如果上游发展高耗能的产业,中、下游就会发生灾难性的问题。

对于我们民族来说,水资源的重要性可以说是超过了历史上的任何时候。有人预计,未来引起战争可能最重要的是水资源。现在以色列为什么占领格兰高地,因为占领它就意味着控制了水源,在中东尤其是以色列、巴勒斯坦、约旦这一块,水就是命脉。沿着尼罗河,苏丹上面就是埃及,尼罗河的水资源对沿岸国家都是很敏感的。中国着手开发利用雅鲁藏布江,印度马上就很紧张。为什么呢?水资源。但我们是在自己的地域上合理地利用自己的资源,这是合乎国际准则的。所以,青海面临着一个怎么能够保护好生态环境的问题,我们一定要把水资源保护好。从这个意义上来说，保护生态环境是以发展生态经济为核心，以培育生态文化为龙头的。我们坚持在综合循环利用的基础上谋取又好又快地发展，促进人与自然的和谐，我们也希望这种观念和理念在具体的工作实践中能够得到很好的实践和运用。

这几年很多国际性的组织非常关注青海，他们非常关注我们的发展方式，说你们到底是怎么发展青海这个地方的。长江中下游的省份对青海同样也是很关注的。青海承担着很重要的环保任务，在这个方面青海的老百姓是做出了巨大的牺牲的。但是，这对于我们调整产业结构，寻找新的GDP增长点，寻找新的发展方式提供了一个新的契机同时也是压力。我们现在非常重视发展低碳，利用青海的生物资源发展循环经济，中国为数不多的循环经济区——柴达木循环经济区就在青海。

同时，我们发展高端和特别的产业，也就是文化创意产业。发展经济和保护环境，适应时代的要求，这两者是相互依存的。青海原始壮丽的自然环境所孕育的这种文化，就像它生存的环境一样具有某种神秘性。它虽然古老，但又不失其新鲜和活力。它丰富博大的人性内涵对于现代人是一个很大的启示，这种文化的特殊魅力已引起世人越来越多的探讨。我们今天建设青海的文化品牌和文化创意，我们要给550万的老百姓提供财政支持，所以我们必须要发展经济。

但我们到底发展什么样的经济？一是发展高科技的经济，特别是对于矿产资源的一些产品怎么能在循环经济的要求下不断地加大我们的产业链，提高科技含量，既在环保上提高门槛，同时也增加附加值。二是要发展高端的、特种的经济。

青海规划了很多不同的旅游带，有大众的旅游带，有特众的旅游带，有生态的旅游带。要保护我们的地域，有的旅游地点人多了不见得是好事，我们要求去的人有保护生态的意识。我们的旅游基础设施必备的条件一定要达到，这样才能够很好地发展旅游业。我们的文化产业和文化创意产业怎么样能够很好地发展，利用民族的文化资源、地理资源和宗教资源发展新兴文化产业，带动老百姓的经济收入，为大家增收致富提供帮助，这就是我们一切工作的出发点。

过去一直有一个观点，经济滞后的地方一般创意也滞后。大家知道，创意经济在英国、日本、美国等国家，是和整个经济发展的基础有直接关系的，包括人才、资讯等是发展文化创意产业不可或缺的基础。青海人口少面积很大，地理资源、宗教资源、民俗资源都很丰富，我们怎么样能够走出这样一个悖论，就是在一个经济比较滞后、人口市场不大的地方能够走出一条欠发达地区文化创意的成功之路，这对于我们来说是一个考验。

经济欠发达地区往往又是文化旅游资源很富集的地区。青海是西部旅游的一个重要省份，过去很长时间我们把矿产资源、农业资源、畜牧业资源作为资源，却没有把文化资源、地理资源甚至包括宗教资源作为重要的资源。我们怎么样进行很好的文化创意？无论从政府工作的层面，还是从文化产业发展的角度，这都是摆在我们面前的一个必须回答的问题。越是交通不便、贫困的地区越保存着古老丰富的原生态文化，如果把文化产业的发展和贫困地区的脱贫致富联结在一起，既可以使我们的文化传承得到回报，又使其他的产业包括旅游发展具有更大的想象空间和发展的空间。发展文化产业是西部地区实现经济社会跨越式发展、缩小与东部地区发展距离的方式，是欠发达地区突破封闭、实现发展的光明大道。

地处西部高原、经济发展水平较低的青海，除了那些我们必须谨慎对待、科学有序开发的自然资源，还有什么优势呢？我们具有丰富的地理文化资源，但在浩瀚博大的中国文化的盛筵里有哪些可以塑造青海文化的独特形象呢？我们认为，以藏文化为特征、多民族文化共存的民族文化，和以三江源为代表的民族文化，为我们创立符合青海历史地理民族标准的现代文化品牌奠定了坚实的基础。我们必须在这个基础上进行文化创意，我们必须在文化创意上跨越式发展。

我们不能跟珠三角比也不能跟长三角比，我们这个地方经济的差异、差距可以说不是一步两步，而是很大。广州的GDP是8000多亿人民币，青海省的GDP才800多亿。北京、上海、广州、深圳、成都、西安这样的一些很重要的、人口很多的文化城市，人才资源也比较多，有利于发展文化创意产业。如果我们在文化创意上不走一个跨越式的方式，不寻求我们对民族文化、地理文化、宗教文化这种特殊的理解，我们就不可能创立这些文化品牌。我们不寻找一种在创意上的跨越式的思路，也不可能使我们的文化品牌变成具有国际影响的品牌，这是相互依存的。

要突破这个发展悖论应该从哪些方面入手呢？首先要重新认识资源，认识到有些资源具有唯一性和不可复制性。有的人到了青海，说为什么要去塔尔寺？很多人觉得青海的藏传佛教的文化很神秘，非常想了解，而塔尔寺是黄教创始人宗喀巴大师的诞生地。宗喀巴大师有两个弟子,一个是达赖喇嘛,一个是班禅,达赖和班禅都是一个称谓,历史上的达赖和班禅都是很好的。现在很多人喜欢收藏唐卡,唐卡是青海的好还是西藏的好?都好。但是我要告诉你,真正的唐卡做得最好的地区在整个藏区是青海的热贡,"热贡"是藏语,意思是"金色的土地",历史上是藏文化、藏族艺术的中心之一。9世纪到13世纪是藏传佛教的一个重要的时期,当初灭佛的时候很多高僧在坎布拉这个地方修行和布教。20世纪初,还有很多高僧大德在青海。这些资源都是需要我们去认识的。

人类进入21世纪之后,很多问题需要我们人类共同解决。比如现在全球变暖、雪线上升,南极、北极的冰川在融化,现在全世界都在讨论二氧化碳排放量的问题,都在讨论低碳经济的问题。我们要保护我们的生存环境,保护我们人类赖以生存的这些土地、我们生存的空间,一方面要按照国际的标准,对国际社会负责,另一方面还要结合我们国家的实际,为我们的子孙后代考虑。

为什么人类现在特别重视文化遗产?过去的一二十年人类对人类文化的遗产,不管是物质文化遗产还是非物质文化遗产的保护,超过了历史上任何一个时期,因为人类发展到今天才发现这些文化遗产的重要性。人类的存在最终是文化的存在,特别是一个民族与另外一个民族的差异主要是文化的差异,如果这个差异都搞成一种缺少他民族文化的特色,全世界搞成一个样是不行的。生活的多样性和文化的多样性是同等重要的,联合国很多准则定下来对生活的多样性要进行保护,文化的多样性也是同样的。现在世界进入到21世纪,人类有很多共同的责任,我们才发现这些资源对于未来而言,特别是对于今后发展我们的创意经济、创意产业而言是多么的重要。

对于我们来说这是一个启示。除了改变观念之外,我们过去对于资源缺少认识,现在才发现原来我们在世界的第三极,是最后的禁地,在这些地方进行文化的多样性和生活的多样性非常重要,这些地理的资源、宗教的资源可能对于发展我们的创意经济是一个重要的动力和基础。另外,我们要克服人才缺少的困难,提出"青海不为我所有,但是为我所用"的理念,吸引全国的人才参与进来。我们可以请他们到青海来做项目,可以待三四天,也可以待一二个月。

我们做这些文化创意的时候,起点必须要高,要把它做成国际水平甚至世界一流水平。我们要塑造我们的文化形象，提升对外文化的影响力，有的品牌不光是为青海做，甚至是为中国做，这样才能提升我们的文化品牌。这些是我们在文化创意方面所做的一些非常重要的基础性工作。

在21世纪国际关系和世界秩序的重建过程里，文化的影响已经从旧时代的从属地位上升到绝对的主导地位。历史学家认为，这种影响使政治、经济、军事更加强大，文化作为一种源于人类世界与创造的生产，它是提升整个社会经济发展水平的巨大动力。当前我国正处在重要的经济转型期，对文化和经济发展有了更新的认识和更高的要求，我们需要进一步解放思想，在青海这样的地方尤其需要。

我们国家甚至全世界都把文化作为综合国力的一个很重要的组成部分。美国除了有强大的经济和军事之外，还向全世界输出它的价值观，而价值观的输出主要是靠文化为载体。这么多的美国大片，你看哪个最终塑造的英雄人物不是美国的，它并没有说这是美国的代言人，但都是按照美国价值观的标准制作出来的。美国的信息产业也在输出美国价值观，包括在世界上市场占有率很高的软件产品。文化的力量是无穷的，我们现在越来越感觉到中华民族要屹立于世界民族之林，就必须使我们的文化占有重要的一席之地。

现在西班牙的塞万提斯学院、德国的歌德学院在很多国家都建立了分院，意大利虽然没有这样做，但是他们在宣扬其文化价值方面是做得非常扎实的。现在中国正在国际上建孔子学院。一个国家、民族的文化塑造、文化遗产是这个国家、民族的一个重要标志。你用军事短暂地占领一个地方是没有用的，你不可能长期在那儿占领，你的部队一撤走，你的影响就消失了。但是，文化的消失是没有那么简单的。我们去土耳其伊斯坦布尔，在遗迹里你可以看到不同的民族之间、不同的文化之间在冲突、交流和融合的过程中留下来的遗产。再比如以色列耶路撒冷，世界上最重要的几大宗教都诞生在那儿，你可以看到文化的影响力是多么的重要。

对一个欠发达地区来说，走出文化创意成功之路的关键是我们必须要面向世界。当然我们首先要认识到我们的资源。青海是原生态文化和旅游资源的富饶地，我们过去长期形成的对社会的认识，不能适应当今社会发展的态势，这种认识有意无意还是存在于人的思维常态。今天，发展经济已经成为共识，但怎样发展我们的文化产业特别是文化创意产业，还需要我们在知识和认识领域不断地解放思想。我们必须有足够的知识储备，才可能进行一系列的文化创意。比尔·盖茨说过一句话："创意具有裂变的效应，一盎司的创意能够带来难以计数的商业利益。"青海独特的民族、地域、宗教资源，怎么样利用才能具有当代意识，怎么样才能与世界文化发展和经济发展结合在一起，来完成我们的创意品牌。我们并不是先知先觉到了那儿马上就那么做，实际上，青海很多干部一直在做这方面的思考，只不过我们在最近3年做的工作比较多。我们对前面很多的事物进行不断地认识，完成了现在国内外很关注的一些重要的文化品牌和体育品牌的创立。

下面，我把青海文化创意的几个品牌，包括品牌的形成作一个简单的介绍。我们放眼世界来看待我们的优势，更加认识到我们的优势，从而有效地扬长避短，真正意义上地走向世界。近年来，在充分认识我们资源的特殊性和当代社会环境的前提下，我们以较大的力度进行了一系列的文化创意活动并且有了成功的范例，主要包括青海湖国际诗歌节，青海国际唐卡艺术与文化遗产博览会，青海国际水与生命音乐之旅、中国青海世界山地纪录片节和三江源国际摄影节，还有环青海湖国际公路自行车赛、青海高原世界杯攀岩赛、国际黄河极限挑战赛，这些既具有青海的内涵又具有独特创意视角的文化体育品牌作为我们的文化创意的代表作，给青海带来很多荣誉，包括一些国际上的荣誉，引起了广泛的关注。很多人说，没有想到你们青海会做出这么有国际性的品牌。刚才我说的一系列的话题都是我们的创意和文化品牌的很重要的基础性工作，也是我们完成对这些资源进行再认识和改变观念的过程，这些前提对我们来说是非常重要的。

青海湖国际诗歌节

我首先给大家介绍的是青海湖国际诗歌节。中国是一个诗歌的国度，古代诞生了屈原、李白、杜甫、苏东坡，近代诞生了郭沫若、艾青等众多伟大诗人，但是中国没有一个真正意义上的诗歌节。我曾经多次出席世界上几个重要的国际诗歌节，全世界最重要的国际诗歌节有6个，其中有5个在欧洲，分别是德国柏林、意大利圣马力诺、马其顿斯特鲁加、波兰华沙、荷兰阿姆斯特丹，1个在美洲哥伦比亚麦德林。我过去在中国作协工作时，在陈至立同志和文化部的支持下，中国作协做了一个中国诗歌节，但不是国际诗歌节，仅仅局限于国内诗人参加，每两年举办一次。

中国是一个产生了《诗经》、唐诗、宋词、元曲的伟大国度，又是一个代表东方文明的古国，却没有一个真正意义上的国际诗歌节，这和中国的国际形象是不相称的。一般意义上，国际诗歌节应该在上海、北京或者某一个经济很发达的地区来做。中国没有这样的一个国际诗歌节，这给我们留下了一个很大的想象空间。既然欧洲已经有了这么多的国际诗歌节，亚洲的国家应该搞，而日本和韩国的诗歌节规模不是很大。所以 2007 年我们正式创立了青海湖国际诗歌节，我们有一个理念，要吸引国际上重要的人士到青海。现在全世界都在关注环保、关注生态、关注人类的生存环境。人类正处在工业化和后工业化时代，处在一个商业主义和物质主义的时代，人类又在寻求自己的精神走向，人类一直在试图回答一个问题，"我们从哪里来？我们要到哪里去？"我们的经济和科技高度地发展，但是环境遭到了很大的破坏，资源被过度地消耗甚至是掠夺性地消耗。这是人类发展的一个悖论，一方面要迅速地发展，另一方面对环境和生态、生存空间所带来的这种破坏给人类已经亮了红灯，已经提出了一种挑战。

我们在青藏高原举办一个国际诗歌节，就是要重新让人回归自然，让我们的心灵和灵魂能找到一个可以放松的地方,用诗歌来抚慰我们的心灵,在这片净土之中寻求人类不同文明的对话和沟通,在这个沟通过程之中来表达我们东方和中国人的一种哲学思想。中华民族是一个热爱和平的民族,中国是一个热爱和平的国家。我们通过国际性的诗歌节为整个东方的哲学思想、东方的文明建立一个重要的平台。从某种意义来说,高层的诗人之间的交流其重要性不比高层的政治家之间的交流差,因为这些诗人都是代表他们民族的精神文化,他们是本民族的象征,他们都是大家而不是一般的诗人,他们来进行沟通就是不同文明和文化之间的最高层次的沟通。如果不从政治层面讲而是从文化层面讲就是这样的,因为无论从东方还是西方的观念看,诗人是他们民族精神文化中和哲学家一样站在塔尖上的人。

这并不是我看不起小说家,从某种意义上而言,诗歌要高于小说。在欧洲你看诗人的地位是很崇高的,他可能一贫如洗,但他的精神是富裕的。他的精神崇高是真正的崇高,你别看有的人兜里很有钱,但是精神不崇高。这些人代表了他们民族的精神文化,他们到青海这个地方来,我们给他们提供了这样的平台。2007年8月9日,我们举办第一届青海湖国际诗歌节,发表《青海湖诗歌宣言》,来自34个国家的200多位世界级的诗人到青海来，这可以说是世界诗坛的一次盛会、国际诗歌界的一次盛会。这是很难得的、很不容易的。第一次举办就形成了一个很重要的文化品牌。首届青海湖诗歌节已经以它独特的地理诱惑和人文魅力，给这个有着伟大诗歌传统和多元文化共存的世界送来了惊喜，给离太阳最近的第三极、被称之为"人类最后净土"的青藏高原带来了一次从未有过的文化震撼。著名诗人、波兰国家作协主席玛莱克·瓦夫日凯维奇说，"这是东方的一个创举，"意味着世界上第七大诗歌节的诞生。青海湖国际诗歌节是被全世界共同承认的，已经进入到全世界第七大诗歌节了，这既是青海的光荣，也是中国文化的光荣。

诗歌是最古老的一种艺术，同时也是最年轻的一种艺术。说它是最古老的艺术，是因为人类从诞生以来诗和歌就伴随着人类，诗歌将会永远存在下去。有人问过我，说你认为诗歌今后还会不断地延续吗？我说其他我不敢肯定，我只能说只要人类存在，还有人活在这个世界上，那么诗歌就存在，因为诗歌作为一种古老的艺术形式，它从未失去过抚慰人的心灵、激励人类斗志、给人类心灵带来愉悦的功能，它的形式会不断地进行改变，但是它的本质和精神不会改变。说它是最年轻的艺术，可能我们相隔几千年甚至几百年，诗歌都已经存在了，但是现在还有诗人不断地写作出新的诗篇，见证我们人类不断发展的过程。

作为一个诗人，我从不否认我对诗歌有着特殊的热爱和敬仰。青海湖诗歌节的创立有其深厚的背景，如果没有第三极的地理概念，如果没有青藏高原这一片最后的净土，如果没有这个地方多元深厚的民族文化，如果没有中国悠久的5000年的文明传统和我们的中国诗歌传人，如果没有数以千万计的中国最重要的诗人在不同的历史时期写出重要的诗歌篇章作为我们民族伟大的文化积累，我们也不可能创立这个诗歌节，这是前人的积聚，我们后人只不过在这个基础上，在面对这个时代的时候找到一个历史性的机遇，是中国古老的文化传统把这个机遇给了青海，也是中国几千年的诗歌传统和诗歌文明把这个机会给了青海，同时也是我们今天在发展创意经济的过程中重新认识我们的资源、民族文化、宗教文化带来的机遇。所以我认为这些是最重要的，当然，也离不开我们在做这些工作的人对诗歌的热爱。青海湖诗歌节每两年一届，它确实为我们提供了一个很重要的进行国际文化交流的平台。2009年8月，我们成功举办了第二届青海湖国际诗歌节。与第一届相比，这一届增加了很多新的队伍，规模更大了，有近50个国家的200

多位诗人参加，来的诗人都是他们国家具有代表性的诗人。本届诗歌节除了举办一些很好的国际论坛之外，还设立了"金藏羚羊国际诗歌奖"，专门授予在诗歌创作方面成就斐然且具有较大国际影响的中外当代诗人，每届只授予一位健在的中外诗人。

本届评委由全世界不同地域的重要诗评家组成，评选了10位候选人，经过投票，决定把这个奖项授予阿根廷当代重要诗人、拉丁美洲最重要的伟大诗人之一胡安·赫尔曼。我们除了有一个很好的高峰论坛外，还在青海湖专门修了国际诗歌墙，全球已有29位杰出诗人的名字刻在上面。这是全世界第一面国际诗歌墙，受到国际社会的高度关注。我们不是搞一个简单的碑，而是做了国际诗歌墙，采用了藏族的文化元素石经墙的形式。

作为一个刚刚创立就被普遍认同的文化品牌，青海湖国际诗歌节以它新颖的创意和深厚的诗歌文化内涵，已经成为国际上六大诗歌节之后的第七大诗歌节。我们要不断地做下去，这对介绍中国的当代文化，介绍中国的古老文明是一个重要的窗口。我们不断提出新的主题，第一届诗歌节的主题是"人与自然——多元文化的共享与传承"，第二届我们就"现实和物质的超越——诗歌与人类精神世界的重构"这一主题进行了很广泛的对话，取得了非常重要的国际性学术成果，这些成果在国内外出版后，震动世界文坛，在读者中间也产生了非常广泛的影响。

在青海湖发表青海湖国际诗歌节的宣言，这本身就是一个创意性的举动，在国际上反响巨大，被评为世界十大重大文化创意之一，我们在"名人所创立的重要文化"上进行了专门的讲演。青海湖国际诗歌节期间，中外诗人面对青藏高原创作了大量的诗歌，这是第一次全世界众多的诗人以诗意的目光共同关注青藏高原这片最后的净土，无论他们使用什么样的语言，具有什么样的审美情趣，立足什么样的文化根基，我们相信诗人们履行了他们在青海湖的神圣承诺。我们将以诗的名义把敬畏还给自然，把自由还给生命，把尊严还给人类，把爱还给生活。青海湖国际诗歌节还将继续创办下去，继续地发扬光大。

青海国际唐卡艺术与文化遗产博览会

青海国际唐卡艺术与文化遗产博览会是打开记忆之门的一个重要的文化创意。2009年10月初，联合国教科文组织把热贡艺术列入了人类非物质文化遗产名录。

热贡艺术是中国的一项传统民间艺术,这一项民族智慧的结晶包括唐卡、雕刻等艺术形式,享誉中外的唐卡卷轴画就是唐卡艺术的代表。在全球化的过程当中,"地球村"的概念现在已经逐步形成了,人类历史上从未有过像今天这么强大的资讯、网络,现在全世界任何一个地方出现一个突发性的事件,我们通过网络马上就知道了。过去的几百年可能是现在的几年,过去的几十年可能是现在的几个月甚至是几天,这个空间和时间都发生了很大的变化。在文化多样性的视域中,每个民族创作的文化有不同的特点,具有不可替代性。

1998年联合国第22号决议指出,不同文化构成的遗产是全世界文明的源泉。青海的热土培育的非物质文化遗产是青海人民奉献给世界文化的奇葩,它所蕴含的丰富文化是青海的文化资源。因此,保护好这些弥足珍贵的非物质遗产就是保护青海走向世界的权利,保护青海人民和世界的对话权。我们要跟世界对话,靠什么?就靠文化资源。中国作为一个文明国度和全世界对话,因为它代表了一个文明。伊拉克代表了古巴比伦的文明,伊朗是波斯的文明,埃及是古埃及的文明,这些文明都是了不起的文明。有着自己悠久历史的国家是一个幸运的国家。美国建国的时间很短,200年前是印第安人在那里生活。而埃及、伊朗、中国、印度,包括古罗马、古希腊这些国家,他们的文化历史非常悠久。基于这样的思考,我们在青海正式创办了一个博览会,它以促进民族文化发展特别是文化产业发展,保护物质文化遗产和非物质文化遗产为目的。这几年我们通过对非物质文化遗产的保护,把这些民族文化艺术推到前台来,一方面我们把这种传承好的艺术,把这个民族符号、文化链不断地延续,另一方面我们要建立我们的文化市场,特别是文化艺术市场。怎么样能够利用这个市场,使它真正形成一个产业链,这是我们最根本的目的。

全世界正处于一个同质化的过程当中,你影响我,我影响你,有的民族文化已经失去了它的个性、特点了。在这个世界上每天都有几个物种甚至是几十个物种在消失,非常可怕。物质是形成链条的,是相互依存的,生物链的破坏对未来人类的发展空间和人类的生存会造成很大的危害,这是从生活层面来讲。如果从文化层面来讲,据社会学家和人类学家的考察,现在全世界每天也有一两种语言在消失,这也非常可怕,任何生活在地球上的有良知的人都应该感觉到很痛心。思维和语言是联系在一起的,一个古老的语言消失的时候,就相当于人类一个古老的物种消失,它所承载的文化消失,对于整个人类来说是一种悲哀,非常可惜。我们要站在这个角度来看文化,我们保护好每一个民族的文化,保护好我们每一个民族的历史,传承好我们在世界上不同的文化符号和文化链条,才会使这个世界形成一个多元文化并存的格局,这种格局会形成文化之间的相互影响、相互对话,从而在保持不同文化的同时又发展我们自身的文化。怎么才能把它做成国际性的品牌呢?文化和宗教都是全世界很关注的,我们只能利我们的文化延续的重要性,在一个方面把它不断地推向市场,使它形成一个文化的产业。

你们有机会到青海去,一定要到热贡去,就是到我们的"金色的土地"上去看看唐卡艺术。那个地方每一家都是画室,人人是画家,都画唐卡,还做其他的艺术和雕塑,技艺非常精湛。现在一幅好的唐卡10万元、20万元是便宜的,如果是大师的作品是几十万元的,这些唐卡都是采用矿物质颜料画的,可以保存几百年不变色。我们在规范市场,有一些其他材料画的都要严格规范,要对它进行认证。大家可以去看看这个地方,在青藏高原特别是以藏文化为中心的文化形态的延续过程中,热贡从某种意义上是以藏族为主的一个文艺复兴的中心。在青藏高原,历史上最好的唐卡、泥塑、雕塑都出在热贡。现在你去藏区，去看看他们的庙宇非常精美，里面的雕刻都是非常精湛的，都是一些大师的作品。他们通过这个可以获得很好的经济收入，这也是农牧民一种致富的办法。但是我们为什么要把它做成一个国际性的文化品牌呢？现在全世界都在关注唐卡，特别是关注青藏高原藏传佛教的艺术。在这个过程当中，我们搞国际唐卡艺术是想提升一个品牌，在进行文化对话的同时我们来提升这个地方的文化影响，提升它对外国文化的影响，这是我们的真正目的。所以我们举办每一届国际唐卡艺术文化博览会，都会举办一些高水平的文化论坛，进行国际性的对话和交流。中国从中央到地方政府历来重视保护各民族的文化，政府对少数民族的保护是投了巨资的，这是历史的事实，我们要让世界看一下，我们用事实回应西方世界对我们进行的攻击。另外，我们要让大家看一下，我们在一个很自然的过程中为文化延续提供了一些很好的空间。所以说，这有双重的意义。

另外，打造国际品牌很重要的一点是，我们要让大家在更深层次上了解青藏高原灿烂的物质文化遗产的文明和非物质文化遗产的文明都是同样的悠久和古老。比如说藏族的《格萨尔》史诗，也是最早的史诗之一。世界上还有很多的史诗，蒙古的、中亚的、阿拉伯的，包括世界上有名的古希腊、古罗马的一些史诗,比如《奥德赛》史诗。但是《格萨尔》史诗是一个活态史诗,现在还在不断地被整理。在青海撰写格萨尔王的史诗是最多的,《格萨尔》史诗是一个传承的史诗,由老人传给年轻人,年轻人再传给后代,一代代传下来。这是一般史诗的规律,青海很多人在研究这个史诗,全世界很多人也在研究它。《格萨尔》史诗有很多传说,有一个母亲跟他儿子说你围着青海湖去磕长头99圈,就能够完成我的愿望,这个磕完了很不容易的,他磕完了以后在一个寺庙里睡着了,一醒来可以口吐《格萨尔》史诗,可以背十几万行。有的是托梦,梦里有人把《格萨尔》的史诗口述给他,他醒来就会了。对于我们来说,对这些东西都要进行很好的研究。

我们搞国际唐卡艺术和国际文化的交流就是要传承我们的文化,把这个文化很好地延续。我们历来反对"经济搭台,文化唱戏"这一类的说法,这是小看文化。我们就是让文化做主角,我们做就是做文化、做文化产业,把提升高品质的文化内涵作为我们的根本因素,而不是简单地践踏文化,把文化当成一个"托儿",当成一个可以利用的东西。我们都是以文化为中心的。

国际唐卡艺术与文化遗产博览会就是要把这些非物

质的文化遗产传承下去。中国西部的少数民族中间有很多非物质文化遗产，需要我们很好地去研究。中华民族的文化是56个民族的文化的融合，各民族色彩斑斓的历史文化构成了我们中华民族的历史文化。在国际唐卡精品艺术展区内，我们有一次要展出西藏、四川、云南等地区的一些唐卡以及印度、不丹、尼泊尔等外国的唐卡，有些过去是从历史上流失出去的，有的是一些学者和其他地区做的一些物质文化和非物质文化的积累，供展览和学习。

作为人类非物质文化遗产的热贡唐卡，被喻为"火一样"的唐卡，因其色调艳丽、造型优美、构图精致而广受欢迎。几个世纪以来，在青海热贡河两岸聚集了很多的村寨，那里已经成为唐卡艺术的故乡。这些作品已经走向世界的艺术殿堂，不但不断地延伸进入到祖国各地的广袤地区，而且在藏传佛教的地区尼泊尔和印度广为传承，逐步走向世界，成为世界人民所喜爱的中国民族艺术品和艺术收藏品的珍品。对于青海省而言，这些丰富的遗产代表了整体的民族风貌和风格品格，成为青海走向世界、走向全国，走向愿意认识青海的这些地域的一个最重要的载体。我想，对于我们进行文化创意，特别是对于打造国际唐卡艺术与文化博览会这一民族文化品牌而言,这些都是很重要的财富。

青海国际水与生命音乐之旅

我们正致力于从源头上治理荒漠化和干旱化的工作。水对于中国来说非常重要,如果离开了水,我们的文明不可诞生,我们的历史不可延续,我们的生命不可存在。欧洲有一个重要的森林音乐会,在欧洲非常有名,但是全世界以水为主题的音乐会还没有。青海是长江、黄河、澜沧江的源头,所以我们想在青海打造一个国际性的音乐品牌,因此做了"青海国际水与生命音乐会"。

"青海国际水与生命音乐会"的主题必须全部是水。第一届的地点放在贵德,贵德在黄河的旁边,你到了贵德,到了青海,就会看见黄河是蓝色的,尤其是高空拍摄青海蓝色的黄河,你看到下面是一块块的宝石,长条带的都是河,全部是蓝色的,非常漂亮。青海有这么重要的地域资源,我们为什么不创立世界的品牌呢?第一届的七个篇章全部是关于水的,像《水的序曲》《水的梦幻》《水的诗篇》《三江源的故事》《水与生命的礼赞》等,都是世界级的作曲家来写水,然后由香港中乐乐团进行演奏。中乐乐团是连接东方文明和西方文明的节点。第一届音乐会大家非常关注，很多国际上重要的作曲家参与了这个活动。尤其是这个活动在青藏高原举办，大家更加关注，这个地方是不是又搞什么开发了？会不会对生态有什么影响？开发的延续过程当中是不是对环境进行了破坏？我们这个水与生命的音乐之旅，就是要表明中国是关注生态、关注环境、关注人类的生存空间的。我们自己的土地为什么不关注呢？全世界包括中国人都在关注。我们是爱国者，但是对人类的生存环境也是充满着忧虑的，这两者是不矛盾的。第一届音乐节得到了非常广泛的反应，影响力非常大。

"青海国际水与生命音乐之旅"已经成为我们一个非常重要的音乐品牌，我们刚刚完成了第二届。这次请了全世界最重要的几大河流的歌唱家，包括印度最杰出的歌唱家唱恒河，俄罗斯的歌唱家唱伏尔加河，埃及的歌唱家唱尼罗河，巴西的歌唱家唱亚马孙河，中国最重要的歌唱家唱长江、黄河和澜沧江。把全世界最重要的歌唱家集中在一个生态最敏感的区域来赞颂水和河流，这是全世界第一次。我们做这些项目都是按照世界第一来做，我们连续做下来了。"水与生命"，这是世界关注的主题，超越意识形态，法国人可以来，德国人可以来，不管什么宗教信仰都可以来，但你必须是世界级的水平。令我们特别高兴的是这次请来了世界三大男高音之一的何塞·卡雷拉斯，他演唱的是青海民歌《在那遥远的地方》，唱得非常好，简直是天籁之声，令人无法相信。他不懂中文，把中文歌词标成国际音标来唱。他还有一首歌是《我深情地呼唤》，主要是表达对水的赞颂、对生命的赞颂、抚摸地球的伤痕，关注人类的生存。我们计划2010年举办一场音乐会，在海拔4000多米的地方选一个点，背景就是昆仑山，后面全部是雪山和冰川，我们请艺术家把贝多芬的《第九交响曲》压缩到20分钟，《欢乐颂》压缩到5分钟，再请世界级的华人作曲家写一个20分钟的《昆仑颂》，在一个具有象征意义的地方来完成一个东方和西方重要的音乐创举。我们将请一个世界级的交响乐团到那个地方和中国的交响乐团共同完成，到时候我们要向全世界直播，以提升中华民族文化的影响力。我们将继续选定在黄河岸边，不仅由于这是人与自然的地方，还由于这是我们的母亲河不断流淌的地方。我们要把这个音乐节一直做下去，这是一个非常重要的国际文化交流平台。

面对世界的干旱和荒漠化，我们以音乐的形式来表达对人类的生存环境的关注。举办"青海水与生命音乐之旅"活动，传递了我们对和谐世界、生态文明、和平幸福的人类生存环境持有的乐观态度和精神，呼吁人们重视水资源、重视生态环境。我们立足于世界屋脊的青藏高原策划史诗美感的活动，激发世人对青藏高原和整个大自然的敬畏之情和感恩之情，让国内外更多的人关注水与生命，以理性的心态对待水与生命，对人类的社会活动进行思考和探讨，检讨人类的各种缺陷，从而真正迈步建设生态文明。如果我们人类不关注水和生存的环境，未来人类的生命是可怕的。所以我们呼唤人类在这种环境中苏醒过来，探索不同的发展道路。我相信，未来中国在这方面会做得更好。

世界山地纪录片节

人类的土地有近1/2都是高原，高原既是摄影家的天堂又是拍摄纪录片的好地方。怎么利用呢？我们提出，山地既是一个地理概念又是一个文化的概念，它是生物多样性的自然保护，也是人类多元文化的诞生地和传承地。在高度工业化、信息化、城市化的今天，山地为人类保存了古老的和长期的物质生活和精神生活的家园，它是不能失去并且不能不被我们关注的。我们举办世界山地纪录片节的宗旨，就是以影视的形式、艺术的视角、人文的思考致力于一种探索、一种特殊的地理环境与人文环境的对比，讲述外部的生存故事，以此反省人类的发展，实现人类的多元文化共享和传承。我们发现，世界上很多的古老民族特别是原生民族进入了21世纪以后还生活在山地。那个地区过去生活比较封闭，保留了大量的山地文化，对于研究人类的未来提供了很多历史记忆，是人类的宝贵遗产。

广州有一个国际纪录片大会，它是按不同的主题进行展览。四川有一个国际熊猫节，它是做电视、电视剧等方面的交易，纪录片只是其中极小的一个部分。上海有一个白玉兰纪录片电视节，它做的这一部分也是范围比较广。2008年我们举办了中国（青海）世界山地纪录片节，这在全世界是第一次，以前没有人提出山地概念做纪录片节的。山地纪录片节引起了广泛的关注，成功地打造了又一个使世界不同国家、不同地域、不同种族的影视艺术家进行创作、研讨、对话的国际化的艺术品牌。

我们把山地纪录片节定义为"生活与故事的对话"，青海有很多的纪录片包括可可西里的和喜马拉雅山的，还包括其他一些重要的，比如青藏高原三江源的纪录片，还有一些关于人文历史方面的纪录片，国际上都有过，题材选的都是青藏高原。有些地方不是山地国家，比如法国，但是他们拍摄埃塞俄比亚和其他地区的一些原生态古老文化的片子，从人类学、社会学、民俗的角度去记录，非常有价值。世界上已经诞生了大量以山地为讲述对象、不同风格、不同类别的纪录片，它们如同山地的自然、文化和生活一样丰富多彩。我们应该为世界山地纪录片节提供一个交流的窗口和平台。正因为世界山地纪录片节是世界首创，它得到了世界自然电影电视组织的关注。世界自然电影电视组织已经成立35年了，总部设在印度。2008年9月该组织授予我"胜象奖"，认为我们的山地纪录片节为人类古老记忆的复活、为推动纪录片在各个国家的发展做出了很重要的贡献。我们希望借助这个平台，能够促使山地纪录片不断地做下去，这是我们举办山地纪录片节的初衷之一。

首届山地纪录片节包括了高峰论坛、纪录片展播和评奖活动，来自美国、日本、俄罗斯等22个国家和地区的343个纪录片参与了展播和评奖的活动，我们专门设立了"玉昆仑奖"，包括最佳自然纪录片奖、最短纪录片奖、最佳导演奖等25个奖项，这个奖得到了国际纪录片界的关注。

三江源国际摄影节

照片可以把瞬间变成永恒，因为它可以把这一瞬间记录下来成为一个永久的历史记忆。从 2006 年到 2008 年，我们已连续 3 年成功举办 3 届三江源国际摄影节。这个摄影节是中国目前最大的国际摄影节，也可以说是世界上现在最大的摄影节之一。国内的国际摄影节还有山西的平遥国际摄影节，它与我们的摄影节规模相当，但是我们的摄影节参加人数和参展作品更多，规格更高。

我们每年展出的作品达到 4000 幅到 5000 幅，最多的时候甚至到 8000 幅；参加每届三江源国际摄影节的中外摄影家都有 300 人到 500 人，他们分别来自全世界五大洲的 30 多个国家和地区，很多国际性的摄影家都是我们摄影节的参与者。过去我们是一年举办一届，从 2009 年开始确定为双年节。国际诗歌节、世界山地纪录片和三江源国际摄影节都是作为双年节，今年做青海湖国际诗歌节，明年就是三江源国际摄影节和世界山地纪录片节，但是我们的"国际水与生命音乐之旅"每年做，唐卡艺术节也是每年做，这是对五大品牌不同的时间不同的展示。

摄影艺术是一种超越国家、种族、文化背景的国际通用语言，我们希望国内外的朋友能够通过摄影的桥梁，以艺术为纽带展示才华、增进交流，我们希望他们把青海作为一个摄影家的天堂，大量拍摄青海。我们一方面把摄影作为建设青海、宣传青海的一个窗口，另一方面我们加强与一些国际上的重要摄影机构的合作，比如，我们与美国《国家地理》杂志合作，取得了一些很重要的摄影成果。

我们组织世界一流的摄影机构来到青海，潜心进行专题性的创作而不是浮光掠影地拍一些东西，我们要求作品里面必须要有文化的内涵。另外作为一个国际性的摄影节，我们还要把大量国际上重要摄影展的作品带到青海，作为一个重要的参照，给中国的摄影展提供一个了解全世界别的摄影展的机会，他们现在关注什么题材，比如说城市题材，比如说妇女题材、儿童题材，比如关于战争的，比如关于贫困的，比如关于资源短缺的。随着我们这几年文化创意活动的开展，三江源国际摄影节已经成为我们联系世界的重要桥梁之一。我们通过与很多著名的摄影师和众多的摄影爱好者，包括旅游者和一些机构进行互动，促使他们深度了解青海、青藏高原。我们通过他们宣传中国多民族的文化以及和谐的民族关系，让国际社会深层次地了解青藏高原的历史文化和我们现实的生存状况。这五大文化品牌，我们创意的过程当中始终是和市场联系在一起的。我们不断寻求一些最重要的原生态的内涵共同完成这些创意，我们希望它不光是青海的文化，更重要的是塑造中国文化的当代形象。我们做的这些活动之所以能够引起国际的关注，最重要的一点是因为这些活动具有当代意识，其主题和内容都是国际社会现在普遍关注的。

三大国际体育品牌

除开五大文化品牌，青海还有三大国际体育品牌，我来简单介绍一下。环青海湖国际公路自行车赛，这是我们很重要的赛事，现在已经是世界四大自行车赛之一。其他三大自行车赛分别是环法、环意大利、环西班牙自行车赛。日本在做环日本海自行车赛，新加坡在做环新加坡海自行车赛，中国的海南岛也在做环海南岛自行车赛，但是亚洲的洲际赛就是青海湖国际公路自行车赛，它已经成为全球2.HC级别赛事中赛程最长、海拔最高、天数最多、奖金最高、影响力最大的公路自行车洲际顶级赛事。每一次都有来自五大洲的20多支运动队、100多名世界上杰出的赛手到青海。它是青海与国家体育总局和世界自行车联盟共同举办的，它不光是青海的也是中国的一个世界品牌，得到了世界各界广泛的关注和认可。

国际自行车赛的主席曾经说，环湖赛对亚洲自行车赛发展做出的贡献非常大，它已经成为一个世界性的重要自行车赛事，它的身影已经走向世界了。近几年我们不断地加强运作，现在已经发行了环湖赛自行车彩票，据说广东不少的彩迷买了我们的彩票，我们对他们表示感谢，每年由国家体彩中心发行的彩票返还几千万都是用在自行车比赛，我们不断地发展出高原自行车赛的一条路。

我们为什么要在这个地方做自行车赛？这和我们的创意也有关系。要骑自行车在海南岛多好啊，海拔又低氧气又多。法国有一个环岛自行车赛了，法国的海多漂亮啊，环法可以途经大量的文化古迹和文化遗迹，领略古老的法兰西文化；环日本海不用说了，环意大利海、环西班牙海都是环海，意大利的地中海风光是世界一绝。为什么我们做这个环湖赛呢？也是延续我们的理念，很多的自行车运动员有挑战自身身体极限的冒险精神，愿意到地球的第三极来实现"更快、更高、更强"的体育梦想。

作为国际自行车运动组织来说，也希望在地球第三极举办赛事。地球第三极有西藏有青海，但青海有青海湖，西藏没有这么大的湖。围绕青海湖是360度，每一次自行车赛设计的公路是1400公里，有时候是9个赛点，有时候是11个赛点，海拔在2000米左右，一般自行车运动掌握在2000米到3000米，落差在1500米全世界这样的地方很难找，更何况围绕着神湖骑自行车。

外国的自行车运动就是一个文化运动，除了比赛、技术水平、组织水平要达到国际标准外，它对地理高度和环境的高度都有很高的要求。环湖赛之所以不断地提升，除了我们不断地举办好自行车赛、搞好组织工作之外，最重要的是我们不断地在挖掘我们的文化内涵，把我们的差异性的地理高度和宗教文化资源注入到这个赛事里面。你要到西藏去骑也有很多地方，但是能够找到一个面积4700平方公里大的神湖吗？没有，这是上天对青海的恩赐。现在每年到青海进行自行车赛的运动员水平是很高的。运动员排名要积分，你全年的排名到什么名次上，比如说他参加海南岛的自行车赛，但是它不积分，因为它没有到那个级别。这是世界对青藏高原的关注。这个赛事现在已经是世界四大自行车赛事之一了，可能朋友们在电视上经常能够看到，因为每一届自行车赛都是直播的。青藏高原世界攀岩赛，我们连续做了3届，我们就是要把它做成国际品牌。我们2009年搞世界锦标赛，把国际攀岩第十届锦标赛请到青海。世界的攀岩赛前九届全部是在欧洲举办的，分别是在意大利、法国、比利时、德国这些国家举办的。

最后介绍一下中国青海国际抢渡黄河极限挑战赛。这是一个户外运动，在含氧量最低、气温最低的黄河上游进行，由我们与中央电视台和若干省的地方电视台共同举办，现在已经成为很多户外运动爱好者的一个重要品牌。这是一个高海拔的国际性赛事，已经举办若干届了，每一届参赛者非常多。我们有一系列的高原体育运动的品牌，应该说在青海有的已完全形成，有的正在完成过程当中，有的还是雏形。非职业汽车穿越柴达木盆地，今后也会进行，我们正在请西班牙人设计路线。

青海这几年一系列文化创意和体育品牌的建立，很重要的一点就是得益于思想观念的更新，对过去的这些不被认知的地域资源、文化资源、宗教资源进行再认识、再利用。同时也得益于我们现在有一个开放的国家和社会环境，使我们拥有了很多在做地方工作的文化官员。我个人是以一个诗人的身份走向政府工作岗位的，我觉得开放的国家给我们提供了难得的文化平台，给我们提供了实现自己文化梦想的一个很重要的平台，使我们能够把这些活动一个个变成现实。当然还得益于中央对青海发展的支持，得益于全国各地包括广东很多朋友们，特别是喜欢旅游、喜欢户外运动、关注差异性文化、关注民族文化的朋友们的支持。

感谢大家百忙之中来听我演讲，我觉得这不仅仅是对我个人的尊重，更是对青海古老民族的文化和历史、对青海这一片高地的尊重和理解。再次感谢，希望大家有机会到青海看一看！

> 在广州市委宣传部
> 主办的《广州讲坛》上的演讲
> 2009年10月23日

昆仑文化与丝绸之路

今天我们将昆仑文化与丝绸之路经济带建设整合起来进行研讨，具有文化、历史、现实三重意义，因为它所涉及的不仅仅是存在，还有超越；不仅仅是过去，还有未来；不仅仅是记忆，还有展望。昆仑文化的传播和发展与丝绸之路的形成和畅通息息相关，未来昆仑文化的提升和扩布更与丝绸之路经济带建设紧密相连。

昆仑山是中华民族的一个文化象征，一个文化高度。无论从现代地理学的视角去考证，还是从文化渊源的联系来解读，昆仑神话的生成与演变始终脱离不了青海这块古老的土地。因为在这片上苍造化的高原上，在长江源头、昆仑山下，3万年前就有人类生息繁衍。最早生活在这片土地上的民族，为中华民族的族源贡献了极为可贵的血液。在中国目前的民族构成中，至少有包括汉族在内的三分之一以上的民族，与曾经生息在青海地区的古羌族群有着直接的渊源关系，他们的原始神话传说和文化传承脱离不了昆仑神话这一母题。"赫赫我祖，来自昆仑"，昆仑山是中华民族的发祥地和精神家园。人们仰望昆仑，神往昆仑，诠释昆仑，至今昆仑文化还仍以强大的磁力，吸引着许多海内外华夏子孙不远万里，远渡重洋前来寻根问祖，顶礼膜拜，以瞻仰昆仑神山为荣。

丝绸之路是中华民族与亚欧各民族间政治、经济、文化交往的友谊桥梁，不仅推动了东西方的文化交流、文明传递、技术传播、商贸流通，而且促进了中华民族开放与发展。古丝绸之路青海道是其中一段重要干线和东、西方贸易交流、文化交流的中转站，其在1500年前的繁荣程度不亚于中外人士熟知的河西走廊。青海作为古丝绸之路上的重要节点和通道，曾焕发出绚丽的光芒，自古以来多民族传统文化在青海交融集萃，丝路历史文化沉积厚重。从上世纪60年代迄今，在青海海东、西宁、海西等地不断挖掘出的130余种350多块中外丝制品、胡僧骑马铁俑、波斯萨珊银币和拜占庭金币、漆器、彩色玻璃珠等诸多文物，有力证明了从中原西经甘肃东南、青海湟水谷地、柴达木盆地南缘至西域、中亚的丝绸之路上，青海道曾作为国际商贸通道，繁荣一时。

丝绸之路不但是东西方经济交流的桥梁，而且是承载一个多元文化交流和碰撞、融汇的地带。丝绸之路青海道沿线历史上处于中原儒释道文化、西藏佛苯文化、西域伊斯兰文化、北方草原萨满文化四大文化圈的交融地带，历史上形成了藏传佛教文化圈、儒释道文化圈、伊斯兰教文化圈为核心的多元文化互动格局。各民族同住共存，互相采借，求同存异，多重认同，不同文化受到彼此间充分尊重和认同，各种不同的信仰体系和文化传统在同一社会空间互动共享。古丝绸之路青海道上各民族和睦相处，友好往来，一同为丝绸之路的畅通和青海的开发做出了重要贡献。丝绸之路经济带如实现持久繁荣，需要丝绸之路经济带沿线不同地区、不同民族在对话沟通中对政治制度、宗教信仰、风俗习惯等方面拥有广泛认同与包容。青海多元文化良性互动模式和内在规律，将为丝绸之路经济带沿线多元文化交流和沟通带来一些有益启示和思考。

随着共建丝绸之路经济带号角的吹响，古丝绸之路正在焕发出新的生机。今天，青海省境内的公路、铁路网沿着古丝绸之路的印记，连接着甘肃、新疆、西藏、四川。今后，随着兰新铁路第二双线的即将建成运营，格尔木—敦煌铁路、格尔木—库尔勒铁路的开工建设，使开放的青海更加敞开胸怀，联通河西走廊、延伸新疆大地，一路向西、直达中亚……可以说，今天的青海是贯穿陆上丝绸之路在我国西部的通道和东西南北的桥梁和纽带，是从东亚到中亚、西亚乃至南亚的大多数国家更便捷的走廊和通道。丝绸之路经济带建设离不开青海，青海跨越发展离不开丝绸之路经济带建设。

昆仑文化通过丝绸之路这一重要传播通道和载体，从地域性概念演变为一种文化符号，成为世界性文化。昆仑文化在历史传播和发展过程呈现出流动性、发散性、摄融性、包容性和传承性等特点。因此，昆仑文化虽最早发祥于青海，但通过不同通道传播、交流和吸收，特别是以古丝绸之路为重要传播通道，最终以中华民族根母文化的象征符号向外辐射，不断延伸到新疆、甘肃乃至东亚、西亚，以致出现"昆仑文化别有""海外亦有昆仑"这种独特现象。

千百年来，东西方文化在古丝绸之路上碰撞激荡，农耕文明和草原文明神奇融汇,多元宗教文化相互交织。在丝绸之路青海道沿线那些高耸的白塔,飘扬的经幡,那些升向天空的铁质弯月和星星,那些矗立在山腰和悬挂在山壁的殿宇,那些回响在教堂的神的教谕,无一例外地传递着众生对生命的深情祝福,对美好生活的无限期冀。这种多样文化自然混生,多种宗教和谐共存的奇异景象,显现出青海高原文化的独一性和大千气象。

文化传承与延续性特点决定文化具有生命力,只有将历史与当代有效对接,文化定位才有意义。新世纪以来,昆仑文化逐渐成为代表青海特色文化的一张名片。特别是2011年11月召开的青海省文化改革发展大会上,青海省委省政府从世界历史语境和实现未来中国梦的视野中审视青海历史文化和现实文化,提出了"以昆仑文化为主体的多元一体文化格局"的青海文化定位。将一直处于文化边缘位置的青海提升到中华文明发祥、形成和发展的历史与现实重心的高度。我们也为此做出了诸多努力。

从2007年8月起,青海省创办了每两年一届的"青海湖诗歌节"。由于这个诗歌节所承载的特殊文化元素以及她显现的卓越的文化影响,使她已经与波兰华沙之秋国际诗歌节、马其顿斯特鲁加国际诗歌节、荷兰阿姆斯特丹国际诗歌节、德国柏林诗歌节等世界其他国度国际诗歌节相媲美。自2010年开始，青海省委宣传部和中国民俗学会、青海省社会科学院、青海省民俗学会等官方研究机构和民间学术团体联合举办了多届昆仑文化国际论坛，试图借助青海自然环境和人文积淀的特殊优势，打造以中华远古文明为基础的昆仑文化品牌，承担起探索、传承和传播民族文化的使命。通过海内外学者对昆仑文化的研究和探讨，唤起文化根源的认同，探讨传统文化的历史意义和现实价值，赞颂中华悠久的历史和灿烂的文化，不断增强民族的文化凝聚力和向心力，延续和传承中华民族博大坚忍、自强不息、富于创造的精神力量。

我们还在昆仑山玉珠峰下成功举办了"圣殿般的雪山——献给东方最伟大的山脉昆仑山交响音乐会"，这场交响音乐会成为世界音乐史和中国文化史上的一个创举。还精心打造出一部音画诗史《秘境青海》，用现代精神和国际视听语言重新诠释远古昆仑神话，以深沉的思想、博大的情怀和穿越时空的呼唤，赞美辉煌灿烂的东方文明，歌颂高贵自由的民族精神，探索光明圣洁的生命价值。

昆仑神话核心精神、丝路精神和青海当代精神一脉相承，不断提升着中华民族的文化境界和精神品位。比如盘古开天辟地、共工怒触不周山、女娲炼石补天、夸父追日、羿射九日、嫦娥奔月、大禹治水等一系列神话故事，包含着东方式的牺牲精神、自由意志和人性之美，表现出与困难、与自然灾害进行顽强斗争的伟大精神和磅礴气势，反映了自觉担负责任、永不停息、奉献自身的高尚品质。而古代丝绸之路上的驼队跨越国界，不畏艰辛，勇于开拓创新的精神，促成了中国与中亚、欧洲的商贸和文化往来，也铺就了具有千年历史的丝绸之路。我们从丝路精神中能隐隐感觉到昆仑文化精神核心的基因传承。而现当代青海展现出的柴达木精神、"五个特别"的青藏高原精神、玉树抗震救灾精神等，不仅与昆仑神话精神相通，而且赋予了昆仑文化以新的内涵与时代精神。昆仑文化与丝路精神至今仍是高原人生存与发展中不可分割的一部分，它讲述着先民们的故事，启示着现代生活的意义。

2013年9月，习近平主席在访问中亚四国期间，提出了共建丝绸之路经济带的战略构想。青海地处丝绸之路经济带的十字要冲，区位条件优越、自然资源富集、生态环境独特、民族文化多元、交通环境日渐通畅，青海在与沿线国家交流合作中将大有作为。西宁、格尔木、海东市等城市作为丝绸之路经济带上重要节点城市，将发挥出更为重要的纽带和载体的功能。同时，丝绸之路经济带的畅达也将为昆仑文化的传播与发展创造更为有利的条件。

今天我们在格尔木，以"昆仑文化与丝绸之路经济带建设"为讨论主题，既是应时而生，也是一个命题作文。意图是促使昆仑文化融入丝绸之路经济带建设当中，使昆仑文化更加走近世界，走向未来。通过来自海内外学者的学术研讨，必将推动不同学科和团队加大对昆仑文化和丝绸之路的研究、传播和利用，将会取得丰硕的成果。

在"昆仑文化与丝绸之路
经济带国际学术论坛"上的演讲
2014年8月10日

我们的继续存在
是人类对自身的救赎

在我们这个地球村,人类的生命基因已经延续了若干万年,为此我们要深深地感激养育了我们生命的家园——地球。我以为无论从物质的角度,还是从精神的角度,地球都给我们提供了丰富的滋养,难怪在这个地球上不同的地域,许多民族都把地球和土地比喻成自己的母亲。在不少民族的创世神话中,地球和土地就是一个特殊的隐喻和象征,它是早期人类原始思维中的一种符号,当我们追溯人类的生命源头和精神源头时,地球或者说土地,无疑是我们最根性的母体。

作为一个诗人,或者说在更多的时候,我是一个怀疑论者,对人类的未来充满着极度的忧虑,但是尽管这样,我仍然从未丧失过人类在面对各种困难和挑战时的勇气以及坚定的信心。特别是在今天,当我们从世界的四面八方来到这里,并将以诗歌的名义,来进行一次富有建设性的对话的时候,我相信,同大家一样,我们都怀着一种共同的期待,那就是作为这个地球村不同地域和民族的代言人,我们将义无反顾地承担起保护我们共同的生命母体——地球的责任。从更广阔的意义而言,我们是代表这个地球上所有的生命和生灵来发言,无论它是动物还是植物。

由此,我想告诉大家的是,我们这一次具有特殊意义的交流和对话,或许它最初发出的声音还不太大,但它最终所汇聚成的道德力量却将是无穷的。在全球化的今天,尽管反全球化的观点很有道理,他们认为传统、差异和当地性让位给了新自由主义经济范式所主导的全球资本主义;但是,人类今天所面临的危机,诸如资源的过度开发、生态灾难、繁荣下的极端贫困等等,都需要我们这些作为社会动物和生物动物的人去加以解决。毫无疑问,我们是这个地球村真正的主人之一,我们将承担起并肩负着保卫我们赖以生存的这个蔚蓝色星球的光荣职责。

列维·施特劳斯曾这样感叹:"今天人类没有分别……人与他者直接接触,他们的感觉、抱负、欲望和恐惧对安全和兴旺毫无影响,那些曾经认为物质进步代表着优势的人……那些所谓初民和古老民族……他们的存在消失了,他们以或快或慢的速度,融入了他们周遭的文明。"在这位杰出的人类学家眼里,全球化瓦解了原有的世界,模糊了自我和他者之间、"现代"与"原始"之间的差异,全球化已经真实地颠覆了固有的国际政治、经济以及文化秩序,全球化让我们这个时代处于一种断裂的状态。

作为土著民族的诗人和文化代言人,当我们身处这样一个混淆了传统和现代、资本和技术日益异化着我们的无序的现实世界,我们别无选择,只能把我们每一个民族伟大的文化传统更完整地呈现给这个文化多元的世界,呈现给已经延续了数千年的人类文明共同体,从而让我们的文化创造成为人类共有的精神财富。也只有这样,我们才能在全球各民族都在经历的现代化过程中重塑自我,并且进一步高扬我们原始根性的文化意识,真正重构我们的身份认同,让我们的作品成为人类历史记忆中永远不可分割、同样也不可被替代的组成部分。2007年的《联合国土著人民权利宣言》,是对土著民族集体权利更大范围的承认,文化多样性是一种历史的进步,它使过去长时间处于社会的边缘的土著民族被转移到一个更为平等的位置。正是因为这样一个原因,在今天我们才更强调一个诗人和作家的文化个性,或者说文化贡献。

我们的阅读经验告诉我们,任何一个民族的伟大作家和诗人,首先是属于他的民族的,当然同时他也是属于这个世界和全人类的。伟大的诗人但丁、普希金、密茨凯维支、屈原、李白、杜甫等等,都是这方面的光辉典范。如果从当下全球四处都在大肆宣扬的直接性、压缩、新奇、速度和技术这样一些观念和行为的影响来看,人类不同民族的古老传统和文化价值体系,都将在所谓全球化的加速度状态下步入衰落,甚至可能会无可挽回地走向消亡。历史的规律已经证明,我们的这个世界,是因包含了文化、集体和历史的差异而丰富多彩。从生物多样性和文化多样性而言,我们这个地球家园中的任何民族的文化传统,包含语言、文字、古老的哲学价值体系和文化少数族群的一切权利,如果消失无疑都将是全人类共同的不幸和灾难。

我想在目前全球化的语境内，规训和消解原生文化的目的就是同质化、就是整齐划一。伟大的马提尼克诗人和政治活动家埃梅·塞泽尔呼吁以"历史权利"来进一步关注土著民族的文化传承，他所提出的"黑人性"，无疑是非洲以及世界黑人文化复兴运动的最为重要的理论基石。埃梅·塞泽尔给了我们一个宝贵的启示，那就是我们必须找回属于自己的"历史的权利"，为真正实现和保护我们地球家园文化的多样性而付诸行动。从21世纪开始以来，将多样性当做一种现代性的象征来用已经成了人类的普遍共识，或者说成了绝大多数人所认同的一种具有道德精神的基本原则。可以说，今天生活在世界不同地域的各个古老民族的存在和文化延续，将是人类对自身的救赎，因为我们曾长时间缺乏对不同文化和传统的理解和尊重。

在这里，我还要最后强调，任何一个土著民族的诗人，其实都具备着一个更为强大的精神和文化背景，我们的作品更能表现和反映出全球"文明"和"社会"严重错位带来的地缘政治和文化冲突。正是由于我们既是全球化过程中一个日渐被所谓"全球新秩序"反复考验和挤压的角色，同时又可能成为自由市场之外被全球利益遗忘的另一种新的"边缘"，成为新的精神的放逐者，物质的贫困群体。总之,在这个新的世纪,我们唯一的体验是,思想和肉体都时刻置身于一个碰撞、交叉、重构、加速的境况之中,由此,我们没有理由不相信,在这样一个充满着激荡、变化、失落、回忆、割舍、放逐的时代,作为人类永远的良心,我们身处世界各地的土著民族诗人必将给人类奉献出最伟大的、最富有人类情怀的诗篇。

在"青海国际土著民族
诗人帐篷圆桌会议"上的演讲
2012年8月10日

《格萨尔》与世界史诗

众所周知,史诗是一种古老的民间韵文作品,和神话有着同样久远的历史。它内容丰富、结构宏大、格调庄重,在漫长的传承过程中,融进了大量的神话、传说、故事、歌谣和谚语,是一座民间文学的知识宝库,也是认识一个民族的百科全书,对于民族文化传统的形成与发展有着巨大而深远的影响。作为藏族英雄史诗的《格萨尔》,同希腊《荷马史诗》、印度《摩诃婆罗多》和《罗摩衍那》等优秀史诗一样,是世界文化宝库中的一颗璀璨明珠,也是中华民族对人类文明做出的重要贡献。

随着各民族和地区间的交流不断加深,在国内,《格萨尔》从中国西部的广大藏区逐渐流传到蒙古族、土族、裕固族、纳西族、普米族等民族当中;在国外,《格萨尔》还流传至蒙古国、俄罗斯以及喜马拉雅山南麓的尼泊尔、印度、巴基斯坦、不丹等国。其跨地域、跨文化传播的影响力极其罕见。

作为一部不朽的英雄史诗,《格萨尔》在广阔的背景下,以恢弘的气势,高度的艺术技巧,反映了古代藏族发展的重大历史阶段及其社会基本结构形态,表达了民众的美好愿望和崇高理想,描述了纷繁复杂的民族关系及其逐步走向统一的过程,揭示出社会历史发展的必然趋势,也反映了古代藏族民众的宗教信仰、风俗习惯和道德观念,具有鲜明的民族风格和地方特色。它既是族群文化多样性的熔炉,又是多民族民间文化可持续发展的见证。这一为多民族共享的口头史诗是草原游牧文化的结晶,代表着古代藏族、蒙古族、土族等多个民族民间文化与口头叙事艺术的最高成就。无数游吟歌手世代承袭着有关它的吟唱和表演。截至目前,较为准确的统计数字显示,我们共收集到《格萨尔》手抄本和木刻本总数为289部,除去各种异文本,仍有200多部,若按每部平均20万字计算,总字数也在4000万字以上。仅从字数来看,《格萨尔》已远远超过了世界几大著名史诗的总和。由此可见,这部史诗传承时间之久远、流布地区之广阔、篇幅之浩繁,结构之宏伟,堪称世界史诗之最。

正因如此,长期以来,国内外学者对《格萨尔》研究给予了广泛关注和极大的热情,不少国家成立了专门研究机构,组织学者从事史诗的挖掘和研究工作。他们把《格萨尔》视为研究南亚腹地人类文明史不可多得的历史教科书。2001年10月17日,在巴黎召开的联合国教科文组织第31届大会上,《格萨尔》被列入2002—2003年联合国教科文组织参与项目;2006年5月20日,经国务院批准,《格萨尔》被列入第一批国家级非物质文化遗产名录;2009年9月30日,《格萨尔》被联合国教科文组织列入"人类非物质文化遗产代表作"名录。

新世纪以来,学术界越来越重视口头诗学、民族志理论、表演理论等新的研究方法论。我想,这并非只是一种理论和手段的花样翻新,它更代表了一种思维方式和研究视角的转变,它的应用所带来的是对整个民俗学、人类学研究规则的重新理解。我们可以简单追溯一下帕里和洛德对《荷马史诗》的研究,就可以从中获取灵感。起初,帕里以语文学为方法论,对《荷马史诗》进行语言学分析,发现了它的程式化倾向,于是得出"《荷马史诗》演唱风格是高度程式化"的结论,而这种程式化就是来自其悠久的文化传统,并且只能是口头的理论预设。随后,帕里与他的学生洛德前往南斯拉夫的六个地区开展调查,从口头传统的现场来验证自己的理论假设并形成了自己的学说,同时也让人们从《荷马史诗》的文本看到了《荷马史诗》的传统。借助这样的理论,口头诗学很好地解释了那些杰出的口头诗人何以能够表演成千上万行的诗句,何以具有流畅的现场创作能力的问题。有了这样的理论,《格萨尔》史诗研究中许多疑难问题,诸如神授艺人、故事情节的母题类型、唱词结构的程式化等问题,我想也应该可以得到合理的解释。

毋庸置疑,《格萨尔》史诗的研究由来已久,已搜集、整理、出版的相关资料和论著也不在少数,但是,如何在大文化语境中去考察我们的民族文化,如何在交叉学科的研究中凸显我们的文化传统,这是值得我们深思的问题。基于这样的思考,我想我们的研究应该完成几个转向:即从对过去的史诗的关注转向对当下的史诗的关注;从对史诗文本的关注转向对史诗语境的关注;从对普遍性的寻求转向民族志研究;从对集体性的关注转向对个人(特别是有创造性的艺人)的关注;从对静态的事项的关注转向对动态的实际表演和交流过程的关注。

如此，我们才有可能较为完整地关注到《格萨尔》的历史传统与现实语境，关注到为史诗的不断挖掘、传承做出巨大贡献的艺人和研究者本身。

自古以来，青藏高原是一个神秘、神奇而又神圣的地方，巍巍昆仑屹立于此，滔滔江河发源于斯。伴随着人类早期文明的诞生，《格萨尔》史诗同昆仑神话一起向世人传递着华夏民族智慧的光芒。在漫长的历史长河中，质朴的高原人始终将神话叙事和史诗表演作为自己的文化之根，代代相传。正因如此，青海——这个人杰地灵的地方，被学界誉为《格萨尔》的故乡。

在这里，我想用几个"多"来概括青海与《格萨尔》史诗的密切关系：《格萨尔》的各种版本多，格萨尔的遗迹遗物多，格萨尔的传说故事多，《格萨尔》的说唱艺人多，《格萨尔》的藏戏表演多。尤其是我们发现了说不完《格萨尔》的艺人才让旺堆，写不完《格萨尔》的艺人格日尖参，唱不完《格萨尔》的艺人达哇扎巴，画不完《格萨尔》的艺人尕日洛、东智，抄不完《格萨尔》的艺人布特尕。他们是史诗的民间创作者和传承人，为我们讲述着《格萨尔》——这首唱不完、写不完的伟大诗歌。

我们知道，早期的青海非常封闭，大部分地区没有公路，人们生活条件极其艰苦。尽管如此，《格萨尔》

史诗却像一股清澈的山涧溪水，汩汩流淌，经久不息。许多国外学者早就注意到流传于此的《格萨尔》及其独特的文化内涵和文学价值，他们纷纷背起行囊不远万里来到青海，徒步进入果洛、玉树等广大牧区，搜集和挖掘出不少《格萨尔》史诗的原始版本，从而使青海成为国内外最早发现《格萨尔》史诗的地区。与之相呼应的是，在果洛藏族自治州甘德县，人们把鲁姆德果山顶的一个山洞形象地称为"岭国觉如的口袋"；在热贡地区的隆务峡口处，有一四四方方的棋石，每当路过此地，人们总要在棋石旁做一下赛棋的动作；而在同仁县麻巴乡，人们都知道有个格萨尔赛马场……美丽的传说加上现存的遗迹，不免令人遐思万千、心驰神往。故此，一直以来，青海被《格萨尔》史诗爱好者和研究者所钟爱，现在已经成为《格萨尔》工作乃至整个藏学工作的重要科研基地。在发掘、整理、翻译、出版和研究《格萨尔》史诗方面，青海当属全国范围内起步最早、成果最多的省区。

今天，我们在青海——《格萨尔》的故乡举办这样的论坛，我想这应该是广大学人们共同的心愿。在这个论坛上，来自世界各地的专家学者将集中展示他们最新的研究成果，而对于常年坚守在雪域高原、为《格萨尔》

史诗的挖掘和传承默默奉献的基层工作者而言，这将是一种无言的激励和肯定。我想，这里面定然有一种鼓舞人心的精神，这种精神源自史诗的主人公格萨尔。

史诗中的格萨尔幼年时即遭驱逐，同母亲流落至玛域。母子俩克服各种艰难险阻，励精图治，终于开发和治理了玛域，从而使原本荒无人烟的地方变得水草丰茂。在一次赛马大会上，年轻的格萨尔战胜群雄，登上王位并迎娶了美丽的珠牡姑娘。接下来的故事里，他降服入侵的敌人，使百姓摆脱战乱之苦，过上了安居乐业的生活，最终让青藏高原走向统一……这是民间文学对于正义力量颇具诗性的讲述，也是老百姓对民族英雄的热情颂扬，更是长期以来，高原民众所秉承的单纯而又朴素的价值判断和审美追求。在全民构建和谐社会的今天，我想我们更需要这样纯洁而执著的坚守。用一颗敬畏之心善待自然，用一颗包容之心面对世界，用一颗热爱之心拥抱身边的每个人。《格萨尔》不仅仅是一座史诗的高峰、文学的丰碑，也不仅仅是一首历史的诗歌，直到今天，它依旧被不停地讲述，我想更重要的是，它具有某种超越时空、国家和民族界限的精神力量，这种力量让每个人都能找到乐观和自信，也会让每个家园一如既往地幸福和安宁。

世界上，许多民族都在讲述自己的史诗，有探求宇宙诞生、万物生成和讴歌创造精神的创世史诗；也有描述部落迁徙、民族形成和颂扬民族精神的英雄史诗。从理论上讲，史诗是一种特定的文学现象，它产生于人类童年时期。随着时代发展，史诗产生的社会基础已经消失，正如雨果所说的："史诗在最后的分娩中消亡了，世界和诗的另一个纪元即将开始。"诚然，走过漫漫历史长河，许多史诗已然成为人类文化史上的一个标本，大多以固定文本的形式被陈列在图书馆和资料室里，再无生机可言。然而，令人惊叹的是，在藏族人民中流传了千年之久的英雄史诗《格萨尔》，至今依然存活于民间且焕发着青春活力。

不可否认，《格萨尔》强大的生命力源自民间艺人。自史诗产生以来，他们的说唱活动就没有终止过，至今仍有百余位《格萨尔》说唱艺人活跃在民间，我们在特定的时日仍可以亲身目睹并聆听其艺术生命的最原始状态。当然，由于艺人所处地域不同，各自的说唱能力及风格也各不相同。这些艺人在天赋、才华、知识阅历、内在气质和特长等方面也各有差异，因而大家口中的史诗也各具特色。就同一个艺人而言，因每次说唱的时间、环境和个人心态不同，每次说唱的内容也就长短不一，不尽相同，从而形成了"每个艺人口中都有一部《格萨尔》"的局面。如此来看，这部史诗至今仍然没有固定的文本，在说唱的过程中，众艺人不断丰富和完善着它的内容。与此同时，《格萨尔》伴随着众多说唱艺人的足迹不断传向四方。史诗的部数也在不断增加，各种不同的刻本、手抄本、说唱整理本仍然在不断增加。从这个角度来讲，《格萨尔》的确是当今世界为数不多的"活形态"史诗之一，是中华民族也是整个人类文化的宝贵财富。我们珍视它，就是珍视我们的民族历史和文化，我们保护它就是在保护我们人类曾经拥有过的美好童年。今天，它仍以顽强的生命力不断发展着、丰富着，给我们最大的启示是——人类需要更加关注自己的现在，健康、快乐地走向未来。

诚然，作为人类共同享有的一种叙事方式，史诗或阐述世界本原问题，或叙述某一民族形成的历史，里面凝聚了人们对宇宙的探求精神和对祖先的追恋、敬仰之情。在叙述过程中，它包容了一个民族全部的生活信息和文化信息，汇聚着大量的民族社会生活的真实图景，诸如议事、祀典、仪式等，从中我们可以寻找到古代地理、历史、医学、文学、音乐等许多珍贵资料。它把人类早期的生活经验转化为生动的叙述语言，把最丰富的生活世界化成了一个个经典符号，人类物质的、精神的、历史的、现在的……所有的一切都在史诗中得到歌唱，这种歌唱是一个充满了神圣感和崇高感的过程，而歌唱的意义就在于表达文化群体之间的自我认同。可以说，史诗是人类对自己栖居于这个世界的一种认知方式，也是从混沌中建立起来的最初的社会秩序。

时代步入新千年以后，我们越来越清晰地认识到史诗、神话等这些古老思想文化遗产对于人类自身的意义，这些财富都是先祖留给我们的思想精髓，也是他们智慧的结晶。每一部史诗的讲述都展现着文明的光芒。我们知道，在全球经济文化渐趋一体化的大背景中，东西方文明在不断的碰撞和对话中，创造着一个文明、和谐的新世界。在此过程中，世界各大史诗依旧闪耀着它们智性的光焰和独特的魅力，而分别代表不同文化地域和专业背景的专家学者，就在今天欢聚中国青海，对话史诗，交流思想，把最前沿的理论和思想传递给大家。我想这不仅仅是一项学术交流活动，而且是一种价值体系的交流过程，更重要的是它承载着我们人类最终的理想，那就是——各民族和睦共处，全世界和平安宁。

在"《格萨尔》与世界史诗

国际学术论坛"上的演讲

2012 年 7 月 17 日

神话永远闪烁着远古文明的诗性光辉

在地球最为浩大的造山运动中，诞生了青藏高原和她的骄子昆仑山；在人类最为光辉的造神运动中，诞生了叱咤风云的昆仑诸神，他们引领东方世界走出混沌，走向文明。所以我相信，今天，各位文明的使者从世界各地来到这里，不仅仅是接受了一个学术论坛的邀请，更是响应了一种悠远神秘的召唤；你们带来的不仅仅是理性智慧的学术思想，也带来了世界各地伟大的远古创造力和各民族不朽的热情。

那么，也许我可以说，这是一个众

神的聚会。

从自然神话中诞生的青藏高原,就必然成为一片诞生人类神话的土地。这就是中国的昆仑神话,一个以西王母为主人公的昆仑神话体系。它像江河一般,从大山源起,滥觞于辽阔的东方大地。重要的是,在这片土地上,神话从未成为过去,诸神从未消失。这些神话和传说,不仅作为一种远古的精神象征和文明记忆而存在,并且作为人们仪式化生存的一部分而延续。世界的创造和文明的肇始,都是一种仪式。无论在科学的论证还是在诗意的想象中,创世都是我们这个地球以及我们已知宇宙的最初仪式,创世神话和由它所衍生的神话传说,也因此无不具有相似的仪式结构,正是这种仪式化,决定了人类文明的神圣性。所以我觉得,在这样一片神灵无处不在的土地上,我们今天这个活动,本身就具有某种仪式感。

我要继续说的是,在昆仑山下,在黄河上游,就在我们的身边,昆仑神话绝不是想象和虚构的事物。这里有大量的遗址、遗迹,大量的自然地貌,甚至大量的考古发现,都与最为久远的口头传说和文献记载相吻合或者相互佐证。昆仑神话和昆仑诸神在浩瀚的文化中徜徉,也在人们的节日和生死仪式上、在人们的日常生活中现身。青海民间对诸神的信仰和祭拜从古至今，一如既往。它让我们相信，我们仍然处在一个令人感激也令人敬畏的神话时代。这就让我们今天的活动具有了某种现场感。

纵观历史，在世界不同民族、不同文化的交流中，神话也许是我们最容易沟通、最容易相互理解的文化语言，因为人类童年的语言如此相似，这种相似甚至超乎我们的想象。我们也许不曾共同经历过文艺复兴或者工业革命，但是我们一定共同经历了万物的诞生以及洪水滔天。那么我们这个国际论坛，目的就是为了在远古文明的交流和对话中，寻找并且确定我们今天在这个世界上共同生存、共同繁荣的理由。一个更为和平、欢乐、共享的开放与和谐的世界，是我们的远古神灵和祖先曾经在时空源头达成的默契。

我们的确迎来了神话复兴的时代。20世纪以来，自然科学的发展惊心动魄，人类战争与和平的浪潮惊心动魄，人与自然的冲突和分裂惊心动魄。也正是在这样的背景下，神话研究方兴未艾。学者们从众多的角度和途径走向神话，用充满魔力的话语，为我们打开了一重又一重时空的大门，而我们曾经以为这些大门早已关闭或者迷失。这不是一种偶然，也不是一种时代的悖论，它是值得深思的启示。因为自然科学在揭开一层自然之谜的同时，它又触及了另一层秘密的皮肤。换句话说，自然科学在对这个世界"祛魅"的同时，却在不断地迎接着更加深层的、更加光怪陆离的世界，并且为人类神秘文化提供崭新的支持和宽广的视野。而战争和愈演愈烈的自然失衡，让我们重新思考生存与死亡的意义，呐喊、哭泣与抗争，唤醒了祖先的灵魂；在人性复归的血泊里，在刻骨铭心的灾难中，我们比以往任何时候都更加清晰地听到神灵的话语。

神话正在重新放射光芒，正在重新照耀我们的身心、照耀我们生存的世界。这当是神话和神话研究之于今天世界的根本意义。

我们仍然需要神话，我们需要维护一个充满神奇和寓意的神话世界，用以维护我们现实世界的多彩与和谐。世界所有的民族都是热爱神话的民族。过去是，今天依然如此。如同昆仑神话活在青海一样，作为彝族人，我也深知彝族创世神话之于彝族人民现实生活的重要意义。居住在不同地区的彝族先民，以史诗的形式创造并且传承了一系列创世神话，包括《勒俄特依》《梅葛》等等。据学者不完全统计，今天活在彝族人民口头的神话史诗有24部之多，它们以诗歌的语言形式，记叙了关于天地形成、人类起源、事物来源、洪水的劫难与人类再生。在民间的婚礼、葬礼、成年礼和传统节日中，这些史诗依然被庄严地讲述和歌唱。

人们为什么不能失去神话呢？因为神话讲述的世界，是一个自由广阔的、充满活力和梦想的世界。在那个世界里，人性与神性共生共存并且可以相互沟通和影响。因为自然的事物丰富而多变，所以生活的颜色是五彩的；因为神灵的护佑古老而庄严，所以生存的意义是崇高的；因为天空和大地充满想象力与创造力，所以万物的存在和谐而富有情趣。在神话世界，时间的悠远和空间的广大产生于自然的道理之中，时空相互开放而交融，人与神灵、人与自然是一个整体。而失去神话，就意味着失去了万物和我们自身存在的理由。

显然，并不是只有民间才需要神话。在城市、在当代的文化主流中，神话的意义仍然根深蒂固，神话的价值仍然不可取代。人类社会的秩序是由理性创造的，而人类社会的价值属于诗，属于激情和想象力，也可以说，属于神话。德国的诗人哲学家尼采在《悲剧的诞生》一书中这样说："每一种文化只要它失去了神话，则同时它也将失去其自然而健康的创造力。只有一种环抱神话的眼界才能统一其文化。……一种文化没有任何固定且被奉献的发祥地，它注定了要丧失其所有可能性，苟延残喘地寄生于任何阳光底下的文化。"

当今世界经济的一体化正在推动各种经济体制、经济模式、经济生产方式的解体与统一,因而它也正在对众多的民族性、地域性文化提出考验,对神话提出挑战。曾经有人问我,我们为什么要如此迫切地、执著地维护文化的多样性和差异性呢?那么在这里,我想用一种神话的思维方式作一个设问:如果这个世界只有平原或者只有山脉,如果我们身边只开一种花、只有一种鸟儿的鸣叫,如果我们每个人都长得一模一样,或者我们只吃一种食物,那么我们的生存还有什么意义呢?当然,从学术的角度讲,神话是人类最为古老的文明果实之一,它是诗的源泉、歌的源泉,神话文本对于民族学、民俗学、人类学以及宗教研究等等,都是取之不尽的资源宝库,也是现代文化发展和文化建构不可或缺的有力支撑。

对于生存和生活,神话是我们精神寄托的母体。我们今天看上去显得神秘或者奇异的那个神话世界,与我们有着最古老、最深刻的内在联系,它曾经长久主宰着我们的生存意识和生存方式。许多民族的神话都讲述了人类作为天神的后裔或者与天神联姻的故事,它让我们自豪,使我们充满生活的信心和勇气。许多神话也同时讲述了自然万物所具有的神性,告诉我们这些神性与我们同根同源,并且与我们的生存息息相关。我们没有任何理由不感激这种恩宠和厚爱,我们没有理由不为万物保持一个美丽、纯洁、多姿多彩并且井然有序的世界。这是一个大和谐,而这种和谐的精神,就来自苍茫的远古文明。

其实神话从未离开过我们。瑞士心理学家荣格,曾给我们完整地论述过,在人类的生命和历史记忆中,集体无意识的存在。同样,无论是东方的神话,还是西方的神话,作为人类最古老的原生记忆,毫无疑问它至今依然存活在我们不同民族的文化基因中。说到这里,我想告诉大家的是,在东方神话里,特别是在古老的中国各民族神话价值体系中,一直倡导着一种朴素的哲学思想,那就是对自然的尊崇,对神灵和英雄的敬畏以及对不同个体生命的热爱。而当我们今天再一次阅读或者倾听这些来自久远的神奇故事时,我们会惊奇地发现,似乎这些神话早就预言着什么。人类作为这个地球上的物种之一,他从来就不是孤立存在的,所有的生物的生命延续都是相互依存的,这一点已经是不争的事实。许多古老的神话都给了我们一个启示,那就是要善待别的生命和物种,而只有这样,人类和地球的未来才充满着希望。天人合一的思想,在中国古代神话中随处可见,这对于处于21世纪的今天，无疑具有特殊的意义。这说明，古代神话所蕴含的与自然和平共处的价值取向，在这个人类正在经历的后工业化时代，同样对人类面向明天的发展，也有着更为宝贵的积极作用。东方神话的价值基础仍然坚实，虽然它和当今现实的联系已经并不紧密，但它却用最浅显的道理和方式，教会了我们许多东西，那就是让我们人类真正成为这个星球和谐生活的建设者，而不是破坏者。

在信仰缺失的物质主义世界，神话是我们可以信赖的拯救手段之一。神话能够帮助我们适应并且合理改造生存环境，能够帮助我们缩小同自然界的心理距离和情感对立；生命中的神性是我们肉体得以升腾的翅膀，人以其神性而获得了不可剥夺的自由、欢乐和尊严。这就是神话能够成为诗人、艺术家、浪漫主义者和孩子们心灵营养的真正原因。神话也必然成为人类社会和自然世界健康延续的文化营养。

于是，我们仿佛已经开始期待世界各路神灵的生动对话了。

那么现在，作为一个诗人，请允许我以我的诗歌《时间》中的诗句作为结束：

所有的生命，
都栖居在时间的圣殿
哦，时间！
是它在最后的时刻
改变了一切精神和物质存在形式
它永远在死亡中诞生
又永远在诞生中死亡
它包含了一切
它又在一切之外
如果说在这个世界上
有什么东西真正的不朽
我最肯定地说：那就是时间！

在"昆仑神话与世界
创世神话国际学术论坛"上的演讲
2011年7月17日

诗歌,通往神话与乌托邦的途径

诗歌从它诞生之日起,就从未离开过它所置身于的那个时代。这就如同诗人,尽管他能通过他所构筑的那个语言的世界,最终能超越它与当下现实的关系,但是无论如何,任何一个时代的诗歌,其本身所呈现出来的整体态势,都会让我们清晰地看到,那个时代诗歌主流精神的具体指向。其实这已经是一个毫无争议的事实,古希腊荷马时期的诗歌是这样,中国古代唐朝时期的诗歌是这样,西班牙黄金时期的诗歌是这样,在源远流长的世界诗歌史上,这样的事例不胜枚举。

但在这里,我需要说明的是,一个时代诗歌本身主流精神的指向,那一定是对一个更为广阔的时代生活而言的,它绝不是狭隘的。因为阅读诗歌史和不同时代诗歌的经验告诉我们,诗歌所呈现出来的整体面貌是不一样的,这不仅仅是指诗歌表现形式上的差别,而更重要的是,不同时代的诗歌在其更宏大的诗歌精神层面上,也必然具有独特的、极为鲜明的、区别于其他时代的诗歌风貌。

或许,这就是我说的,不同时代,尽管不同的诗人和他们的作品会发出不同的声音,但可以肯定这些声音中必然隐含着那个时代的回声。当然,任何时代,诗人作为独立的写作个体,不论从生命意义上来讲,还是从诗歌的创造力来讲,诗人以及诗人的作品,都有着自身独立的、永远不可被替代的特殊价值,因为一代又一代诗人以及他们浩如烟海的作品的存在,才使我们人类的诗歌精神源流,充满着极为鲜活的生命。

直到今天,诗歌依然和我们的心灵及现实生活紧密相连,作为生活在21世纪的当下诗人,我们不能不想到诗歌应该承担的责任,以及它所应当发挥的作用。那诗歌在今天究竟能发挥一种什么样的作用呢?我不想从社会学的角度来讨论诗歌的社会作用，我也不愿意用现代语言学的方法去解析诗歌本体的无限可能。其实，我们要真正明确诗人的责任和诗歌在当下的作用，并且能作为这个时代有良知的诗人开始行动起来，有一个重要的前提，就是我们必须对我们生活的这个时代有一个清醒的认识。

20世纪意大利隐逸派伟大诗人埃乌杰尼奥·蒙塔莱曾在他的一本著名论著《在我们的时代》中这样说："我目睹了人类伟大思想成就的实现，那是神奇的成就，但也许是愚笨的……我从中发现的唯一普遍规律是，人类的每一成就和进步必然伴随着其他方面的损失。这样一来，人类任何可能的幸福的总量就依然不变。"蒙塔莱还说："这我知道，我们会一下跳进乌托邦的空想王国。但是，如果没有空想，人恐怕还是一种比好多动物还要更不聪明、还要更不合时宜的动物。"

然而，我们生活的今天，已经远远要比蒙塔莱生活的那个时代更为让人忧虑和不安，虽然没有世界性的战争全面爆发，但区域性的战争却不断出现，核武器的阴影仍然笼罩在人类的头顶。人类生态环境的持续恶化，似乎已经到了不可逆转的地步。人类对自然资源的耗竭，其速度之快、数量之大，也超过了人类诞生以来的任何一个时期。

人口数量的剧增,加上资本主义生产至上的发展模式,许多国家的政府将经济增长视为施政的唯一目的。这种用无度生产、疯狂消费和所谓GDP总量来衡量价值的思维方式,已经让我们看到了,如果再让这种造成社会不公平和全球生态灾难频发的发展方式持续下去,对人的异化不受到来自道德的谴责,人类的未来必然将走向最终的毁灭。诚然,作为诗人和我们这个时代的见证者,我们从未否认过发展健康、生态、绿色、可持续的经济对推动人类文明进步的巨大作用,对每一次人类重大的科技创新和技术革命,我们都同所有的群体一样欢欣鼓舞。人类只有时刻警惕自身的贪婪和遏制人性的缺陷,才能克服由于膨胀的欲望所带来的恶果和灾难。

诗歌,在今天毫无疑问,已经又一次成为我们反抗异化的工具。诗歌已经超越了一般性阅读和审美的范围,已经超越了语言和修辞学方面固有的意义。诗歌作为一种精神和象征,它将引领人类从物欲横流的世界,走向一个更为光明的高地。人类不仅仅是依赖物质存在的动物,它同样还是不能离开精神而存在的动物,某种时候,不,应该是所有的时候,精神的至上将永远是人类区别于其他动物的鸿沟。

人类的文明史早已证明，我们的先贤们从未停止过创造自己的精神和神话，并力图去构建理想中的乌托邦。在当下，诗歌无疑已经包含着某种信仰的力量，它既是我们与自然进行沟通的桥梁，又是我们追求人的解放和自主、让生命拥有意义的途径。在全球化和资讯化的时代，由诗歌构建起来的神话和乌托邦，它将促使人类建立一种更为人性的生产和生活方式，它将把推动人类精神文明的建设和精神生活质量的全面提高，作为不折不扣的价值追求。

诗歌的神话和乌托邦，将把物质生产的最后目的与人的全面解放联系在一起，物质生产的劳动，不再是对地球资源无节制的消耗，更不是对人的积极的生命意义的消减。诗歌不会死亡，特别是在一个物质主义盛行的时代，诗歌必然会闪现出更为灿烂的精神光芒。只要诗歌存在一天，它就会鼓舞人类为不断创造不朽的精神和神话，为我们致力于建设一个更加尊重生命、尊重自然、尊重平等、尊重人权、尊重信仰的明天而共同奋斗！

写给"第23届麦德林国际诗歌节"的书面演讲
2013年2月24日

诗人的个体写作与人类今天所面临的共同责任

诗歌作为一种最古老的艺术形式，它已经伴随着人类走过了漫长的生命岁月。诚然，这种古老的艺术形式，已经成为了我们生命中不可分割的一个部分，但诗歌作为一种真正意义上的精神存在，却从未停止过给人类饥渴的心灵输出历久弥新的甘泉和营养。当然，诗歌本身作为一门写作艺术，它的艺术形式在不同民族诗歌传统中的创新，已经是人类的诗歌史证明了的一个毋庸置疑的真理，否则诗歌的生命就不会延续到今天。

回望人类的历史，我们不敢想象，

如果没有诗歌这一人类古老的艺术，世界各民族的心灵史将会怎样去抒写，而人类的精神生活又将是何等的贫乏和残缺。在这里，我想强调的是，诗歌无论对于人类而言，还是对于写作诗歌的诗人个体，它都是存活在人类精神领域里的一种生命形式，它是光明的引领者，它代表着正义和良知，在许多古老的民族中间，诗人所承担的角色，就是这个民族的祭司和精神上的真正首领。伟大的意大利诗人但丁，就是到了21世纪的今天，他同样还是意大利精神领域里最伟大的象征和支柱。

我想也正因为如此，诗人的写作才不是一种所谓的职业，把写诗说成是一种职业，我认为这是可笑的行为。从人类伟大的诗歌史中我们可以看到，诗人更像是一个角色，他是精神的代言人，通过自己充满灵性的写作，力求与自己的灵魂、现实乃至世间的万物进行深度对话。难怪在我生活的高原和民族之中，诗人被认为是那些被神所选择的具有灵性的人，他们神奇的天赋以及语言和思想，也被认为是神传授给他们的。

其实这不难理解。在许多古老的原始民族的思维里，这已经是一个被普遍认同的对诗人的判断和认知。诗人在许多时候，不仅仅是精神和良心的化身，他甚至还是道德的化身。当代诗人布罗茨基在评论他的前辈曼德尔斯塔姆以及俄罗斯白银时代的诗人们时曾这样说，因为他们，聋哑的宇宙、沉默的历史发出了诗的声音——而这，就是"我们的神话"，是诗和诗人存在的意义。

我一直认为，诗歌的写作，就是诗人在不断发现我是谁，就是在不断揭示内心的隐秘，同时他又在通过一个又一个瞬间的感受来呈现现实的真相。总之，诗人只要活着，他都在生与死、存在和虚无以及个体生命所要经历的一系列冲突中，去回答似乎是宿命里已经安排好的所有命题。诗人理解这个世界的最好方式，就是他的那些来自灵魂的诗歌。

可是各位同行，今天在这里，我想倡导并提醒大家关注一个事实，那就是在全球化背景下，在这个被资本、技术和网络统治的时代，人类面临着许多共同的生存危机，如何控制核威胁、消除饥饿与疾病、遏制生态破坏、保护生物多样性和文化多样性等等，已经到了一个刻不容缓的时候。今天的人类所面临的共同威胁，其严重程度是过去历史上从未有过的。我们这个时代的许多智者，当然也包括我们的诗人，都在思考和忧虑人类的命运：人类将走向何处？特别是在后工业化时代，人类今天的发展方式是一种进步，还是倒退？显然这些无法回避的问题，都需要我们的诗人做出回答。

在我们这个危机和希望并存的时代，诗人不应该只沉湎在自己的内心中，他应该成为或者必须成为这个时代的良心和所有生命的代言人。需要说明的是，我们对诗人作为个体生命的独立写作，必须给予充分的尊重，而诗人如何去表达其内心的感受并克服其自身的危机，都将是诗人个人的自由。但是无论如何，特别是在当下这个物质主义盛行的世界，诗歌依旧是人类心灵的庇护所这一基本事实并未改变，而诗歌应该在提高和增进人类精神重构方面有所作为。诗人是人类伟大文明最忠实的儿子，我相信，今天仍然生活在这个地球上不同地域的诗人，为了促进世界的和平、加强不同文化之间的沟通与对话，都将发挥出永远不可被替代的重要作用。

写给"第21届麦德林诗歌节

暨首届全球国际诗歌节"主席会议上的书面演讲

2011年3月19日

太阳的使者,大地的祭司

——诗人艾青

数千年前,当先民们以敬畏的姿态仰视长空、眺望大地的时候,其中的智者就创造了人类原始的诗篇——神话。那些光明和生命的使者,记述了正在觉醒的人类精神的最初渴望:关于万物存在、关于生与死、关于未来。

我一直有一个感觉,那些以神话方式崇拜太阳的灵魂从来都没有消失,他们在光明中延续,在大地上生生不息。于是,100年前,艾青诞生了——一个必然要以手持火炬的形象行走在东方大地上的诗人。

诗人艾青诞生的时代,是动荡与巨

变的中国,是阴暗与严寒笼罩的岁月,所以他将注定成为新纪元的盗火者。对这片土地和古老文明的热爱,使他的眼睛饱含泪水、他的心灵燃烧着火焰、他的言辞中充满光明;对太阳的歌颂、对真理的敬仰、对生活的热情、对黑暗和丑恶的鞭挞,是艾青贯穿终生的诗歌创作主题。读着艾青不朽的诗句,我们意识到他从来没有离开过我们。

因为人类社会依然处在一个动荡与变革的时代,人类生活进入了一个物质主义的时代,人类文明进入一个技术与信息爆炸的时代,人类心灵生活面临前所未有的考验,诗和诗意的高贵与纯洁面临前所未有的挑战,人类精神世界由于物质的挤压变得渺小而脆弱。我们需要从文化的精髓中获得营养以完成自我的精神救赎,需要重建诗人的信仰以确立生命、灵魂、真理、责任和爱的价值。当我们的心灵被光明照耀的时候,艾青已经回到我们中间。

艾青是在20世纪诞生并且具有广泛国际影响的中国诗人,他对诗歌的贡献是杰出的,同时也是多方面的。作为一个担当使命的诗人,渴求光明、追求真理、礼赞自由、思考人生的主题贯穿他创作的始终。他的思想同诗句一样表现得激越、深沉而凝重,他这样唱道:

为什么我的眼里常含泪水?

因为我对这土地爱得深沉……

作为一个富有才华的诗人,他的诗篇充满多彩的想象和智慧的灵动,在独特的象征和意象中饱含哲理,如同他用《太阳的话》说:

让我进去,让我进去,
……
让我把花束,把香气,把亮光,
把温暖和露水,撒满你们心的空间。

作为一个自觉而自信的诗人,他具有鲜明的诗歌美学理想,并且以成功的个性化创作实践,达到了他所追求的"朴素、单纯、集中、明快"的艺术境界,他淳朴的诗歌语言超越了华丽而臻于高贵。由此在中国新诗的历史上,艾青已经成为划时代的旗帜和领袖,他不朽的诗篇已经成为民族文化的宝贵遗产。

人类最为高尚的品质,莫过于对光明和爱的追求。艾青诗歌创作的主题及其杰出的艺术成就,注定使他成为世界的诗人、人民的诗人。在他生前身后,他的作品不断被翻译成许多国家的文字,受到国际诗坛的重视与好评，也深受不同人们的喜爱和敬佩，艾青已经作为影响广泛的中国诗人而享誉世界。

艾青生前曾经同世界许多著名诗人交往密切，与他们结下了深厚的友谊，包括智利诗人巴勃罗·聂鲁达、西班牙诗人拉斐尔·阿尔贝蒂、古巴诗人尼古拉斯·纪廉、巴西作家亚马多、苏联作家爱伦堡等等。由于艾青的广泛影响，西方世界把他同智利诗人巴勃罗·聂鲁达和土耳其诗人纳姆·希克梅特，并称为"20世纪三大人民诗人"。

在那个时代，艾青以捍卫真理、追求光明的诗人形象和明快、优雅的诗歌语言讲述中国，从精神与文化层面同世界沟通交流，从而增进了世界对中国人民的理解，传播了中国的文化和思想，也成功地树立了现代中国的文化形象，这是极其难得的成就。

艾青是一位具有社会责任感的现实主义诗人，同时也是一位具有文化使命感的浪漫主义诗人。他的诗歌立足于社会生活而获得一种精神的象征之美，如同茉莉花盛开在山坡上，散发着凝练了天地精华的芬芳，这使得他和他的诗篇，都成为我们的典范。我认为，今天我们有许多诗人恰恰缺少这样一种感悟、一种境界，或者说缺少一种作为诗人的宿命意识。一些人往往为写诗而创作，或偏执于象牙塔里的遣词造句，或沉湎于技术形式的矫揉造作，或者干脆以极端的态度追逐"非诗"的标新立异，从而无意甚至有意地失去了对文化、社会、生存和人性的观照。我知道，我们今天的确处于一个文化多元的时代，但是文化的精髓并没有遗失，艾青所追求的境界将永远是诗的终极价值。

我爱戴并且由衷地敬仰艾青。从踏上诗歌的道路，我就一直是艾青的追随者，犹如在混沌中跟随一支火炬前进。在我诗歌的学习和创作生活里，我有幸得到他的教诲，得到他的鼓励和支持。他身上体现出来的是长者的慈爱、温和以及在诗歌圣殿前的平等与坦诚。我在他的身上，不仅学到了诗艺，更学到了人品，这使我终生受用。

被聂鲁达称为"中国诗坛泰斗"的艾青和他的诗，代表着向往光明、捍卫自由、敬仰生命、抗争黑暗的东方民族精神，这也正是人类诗歌的灵魂。他是一个昭示。只要艾青的诗还在，人类历史中那些伟大诗人的英灵还在，我们就能够获得力量，得到启迪，在民族文化的广阔时空里拓展天地、创造奇迹；我们就能够豪迈地高举火炬，向太阳！

那么我坚信不疑：我们今天这个聚会，并不仅仅是追忆和纪念，不是对过去的感慨与叹息，而是一个庄严的迎接仪式——迎接艾青归来。迎接一个伟大的灵魂从诗歌的时空向现实世界凯旋！最后，请允许我用献给艾青100周年诞辰的诗歌《等待你的归来》结束我的讲话：

我们迎接你的归来
依然选择在你热爱的黎明
当夜色渐渐退去
你赞颂过的土地、村庄以及人民
都会在你的呼唤中醒来
那是黎明的通知
它从一双含着泪水的眼睛出发
把最深沉的语言和诗句
都奉献给了曾经灾难深重的祖国
你伟大的心灵时钟
就如同海浪中的礁石
每时每刻都响彻着
对一切被压迫者的同情和呐喊
你是火焰
你是光明的使者
你是亘古不变的太阳的儿子
在你有限的生命岁月中
你曾历经沧桑和苦难

在你的背后黑暗从未消失过

但当你提起笔，写下每一句

泪滴般晶莹的诗句时

我知道，你把不幸和悲哀都埋在了心里

却把自由、尊严和希望

又还给了所有祈求得到它的人们

你的诗章和生命

从未离开过火焰、光明和太阳

那是因为你要战胜黑暗

给这个世界带来些许的温暖

艾青，艾青，艾青

现在是黎明的时刻

现在是诗歌的时刻

现在是生命的时刻

现在绝不是死亡的时刻

我们在山岗上，我们在大海边

已经列好了欢迎你的队伍

等待你的归来！

等待你的归来！

在"光明的歌者
——艾青百年诞辰纪念会"上的演讲
2010年3月25日

多元民族特质文化
与文学的人类意识

　　大家都知道,人类正置身于一个全球化的背景,关于全球化这个话题,可以说全世界到处都在讨论,人类正在经历一个从未有过的现代化的过程,今天的人类面临着许多需要共同解决的问题。由于全球资讯的发达,可以说世界已经真正进入了一个网络和数字化的时代。今天在我们这个世界上任何一个角落发生的重要事件,全世界的大部分人我想都能在第一时间知道,无论这个事件发生在北京,还是发生在某个离北京更遥远的地方,我想大家都会知道。这就是网络和电视的作用，难怪有一位美国的社会学家把现在的地球称为"平面的地球"。

今天的全球化是一个大趋势，是好是歹各国的学者也众说纷纭，但是有一点可以肯定，就是有许多关注人类命运的作家、诗人和学者，要比过去任何时候更关注不同民族的生存状况。有的学者甚至质疑，现代化给人类带来的好处，要比给人类带来的潜在危机更多。在这里，我不想对它们做价值判断。今天，无论从西方哲学的观点来看，还是从东方哲学的观点来看，我们都要就全世界都在经历的一个现代化过程做出我们的回答，因为人类将走向何处，或者说选择一个更美好的明天，是今天人类应该知晓并且应该勇于担当的重要职责。

回顾历史，远的不用说，就在刚刚过去的20世纪，人类就经历了两次非常惨烈的世界大战，今天当我们回望历史的时候，不难发现有许许多多问题需要我们去总结，比如民族的问题，比如宗教的问题，比如世界政治秩序的问题，比如资源的问题，比如环境的问题，比如生物多样性的问题，比如文化多样性的问题，比如生态的问题，比如可持续发展的问题等等，都需要我们在这个新的世纪开始对人类的过去进行反思，对人类的未来进行预测。人类社会是一个很奇怪的社会，人类一边在总结已经走过的历史，在总结我们所犯下的错误，同时人类又在新的时间、新的地点开始犯本质上相同的错误。

进入21世纪以来，据一些政治学家统计，人类的战争特别是区域性的战争没有减少，反而大大地增加了，冲突和战争有的是为了资源，有的是为了宗教和文化，有的是为了不同的价值观。从某种意义而言，刚刚开头的21世纪，并不比我们看到的20世纪要更好。对我们今天来说，人类正处在一个更为特殊的背景下，经济高速发展，物质极大丰富，但同时人类的精神又在失落。大家知道，从上一个世纪到现在我们正置身的这个新世纪，人类在科技上有很多重大发现，这些重大发现，已经极大地改变了人类的生活方式，甚至也改变了人类的一些思维方式，这一切在过去都是不可想象的。

人类在20世纪登上了月球，基因工程取得重大突破，航空事业快速发展，电脑进入人们日常生活，医学上的成就更是比比皆是，应该公正地说，人类跟过去几百年或者几千年的发展速度来比，可以说今天是创造了奇迹。但是尽管这样，人类事实上又在进行新的思考，那就是我们这种大量损耗资源、破坏环境、与自然对抗的无序发展，是不是一种真正意义上的进步？这个严肃的问题，其实已经摆在了我们所有人的面前。我的回答是,肯定不是进步!

我们似乎刚发现,人类发展到今天,人口的压力,资源的过度消耗以及对环境的破坏已经变成了一个全球关注的大问题,其实这些问题的形成,也有一个时间过程。今天有很多原生民族的生存环境遭到了破坏,强势文化和弱势文化的博弈,使很多民族的文化历史和文化符号的生存空间不断萎缩。今天,我们探讨这些问题,我认为具有一种更现实的意义,因为我们承担着传承和保护不同民族文化的责任。当然需要声明的是,文化的延续和发展,是一个极为复杂的问题,随着人类社会的不断发展和科技的进步,不同民族的文化中当然也存在着一些糟粕,随着历史的发展,它会不断地消亡和被淘汰,我想这也是一种必然。

但是从另外一个角度来说,我们又必须在这个特殊的时刻,更加关注和保护这些民族的文化和历史,要防止在现代化的过程中,我们不同民族的文化链条会被中断,我们不同民族的历史和文明会毁于一旦。我提出这个问题,其实是在拷问我们所有的人,拷问我们生活在今天的所有现代人,不管你现在生活在什么样的文化和宗教背景,生活在哪一个国度,属于哪一个种族,我们都必须回答这样的一个严肃的问题。保护地球上每一种文化是我们最崇高的使命。

我们知道，全人类现在都置身于一个整体的现代化过程中，在这个现代化过程中，我们每一个民族，都站在一个现代和传统、历史和未来的十字路口上。每一个民族要想获得自己的通行证，通过这个十字路口，毫无疑问，它的民族历史和文化就是最好的通行证。我们要延续我们每一个民族的历史，我们就必须学会在整个现代化的过程中，继承好我们伟大的文化传统，以一种开放的眼光去学习人类所有的伟大文明，从而丰富和壮大我们的民族文化，使之获得不断延续的生机和活力。全人类的文明和历史，都是上天给我们的恩赐，这是最为宝贵的文化财富。当然需要指出的是，在全球化的背景下，强势文化的扩张，无疑给一些弱小文化带来了生存威胁，不同文化的同质化现象变得格外严重，许多民族的文化失去个性，表象的、共性的东西越来越多。我们经过分析可以看出，不同文明之间的沟通和对话非常重要，不同民族文化之间的交流与相互学习同样必不可少；但是，我们也要警惕不同民族文化的同质现象变得越来越严重，不同民族文化的存在，是这个世界文化多样性和丰富性必不可少的一个重要前提。

大家知道，生物多样性是联合国保护生物多样性相关决议所确定的。我们人类生活的地球就是一个庞大的生物链，无论是我们人类的集体生命，还是我们的个体生命，可以说都生活在这个庞大的生物链中。如果这个生物链一旦被打破，某一种生物消亡了，可能会连带另外生物的生命也要随之消亡，这就是我们为什么要保护生物多样性的原因。每一种生物都很重要，我们很难说谁重要谁不重要，在非洲的原野上，你可以看见许多狮子，同样你也可以看见许多斑马和羚羊。斑马和羚羊繁殖很快，如果不控制其数量，就会让草原负载过量，也不能给食草动物提供足够的食物，不少斑马和羚羊都是被非洲狮和猎豹捕杀的，这是动物间所形成的一个生物平衡。我们不能人为地打破这个平衡。

我们这里有不少来自草原并熟悉牧区生活的人，你们一定会知道，如果天空中没有鹰了，草原上的地鼠就会泛滥成灾，鹰和鼠是一对天敌，所以我们如果破坏了生物链中任何一个环节，其后果都会不堪设想，有的后果甚至是灾难性的。反过来讲，文化多样性也是一样，据说现在全世界每天都有一两种语言在消亡，这对于人类来说是一件很不幸、很可怕的事情。有的民族可能人口很少，但是他们有着自己的民族语言。人类是靠语言进行思维的，不同民族的语言都承载着很多文化信息，承载着不同民族的思维习惯和文化价值观念，许多民族的生存智慧和哲学思想也与其语言和思维方式息息相关。任何一种古老的语言消失，都是全人类不可弥补的损失，都是人类共同的悲哀和不幸。

今天我们在这里共同探讨这个让我们感到窒息和沉重的话题，我们一定要站在一个道德的制高点上，来面对我们今天必须面对的困境。作为一个民族的精神文化代表，我们必须客观同时要充满敬畏地看待我们人类所有的文化，任何一个有良知的作家和诗人都要尊重这个世界上任何一个民族的历史和文化，不管这个民族的人口是多么的少，甚至是一个极其弱小的民族，我们对他的文化也应该充满应有的敬意，文化的多样性与这个世界的文化整体性是相互联系的。我们知道每一个民族的文化存在，是使这个世界的文化变得色彩斑斓的前提。全世界的文化之所以这么丰富，是因为有不同的宗教、不同的民族、不同的历史、不同的文明，正因为这种差异性，才让人对这个世界的不同民族文化充满好奇，这个世界才可能变得如此的让人着迷。我认为，现在最重要的是，我们要认识我们所处的这个时代，文化仍然在发挥着重要的作用，我们一定要在不断发展经济的同时，更加重视文化的发展，更加重视不同民族的文化传承和保护，尊重每一个民族所选择的发展道路，让每一个民族找到适合自己的发展方式。

有人说，今天的世界是一个人类走向共性的时代，因为经济和社会的发展，让今天的人类和不同地域的族群，都更加紧密地联系在了一起。这是一个基本事实。有不少作家在自己的政论文字中，提出来要更多地关注人类的整体发展和命运，要去解决今天人类共同面临的、急需解决的棘手问题。也有一些作家认为我们更多地要关注人的个体命运，关注自身民族所面临的生存危机和历史命运。我认为这两者并不矛盾，作为一个民族的作家和诗人，我们有责任去延续这个民族的文化和历史，但是作为一个世界公民，我们同样有责任和义务去关注全人类的命运。我们每一个人，都生活在一定的族群和社会里，民族的历史和民族的文化是我们生命中最重要的文化基因，每一个民族的作家和诗人都有责任去保护自己民族的语言和文字，因为生活在这个世界上任何地域的作家，都不可能说我是一个抽象的作家。我们都是具体的存在。不管我们属于哪一个民族，来自哪一个地域，用哪一种文字进行写作，我们的文化和宗教背景有何差异，我想我们永远离不开的是对养育我们的土地的热爱，对人的命运的关注，对我们民族伟大文学传统的继承和弘扬，对我们民族语言和文字的创新和丰富。

中国是一个多民族的国家，56个民族共同创造了灿烂悠久的中华文化。中国政府历来重视发展和繁荣中国56个民族的文化。今天有55个少数民族作家在鲁迅文学院深造学习，这个事实进一步说明了国家对发展少数民族文化的真正关切。少数民族作家的培养是一项重要的文化工程，我觉得大家在这里学习的机会尤其难得。在人生的生命历程中，作为一个作家有一年能来到鲁迅文学院深造，这个机会不是所有人都有的，希望大家一定要珍惜。在这里学习，我希望大家是一种真正意义上的学习。我们要通过学习，站在一个更高的思想制高点上，从而来认识今天这个纷纭复杂的世界，让我们与我们的民族一道在经历全球化的过程中，一方面延续好我们民族的历史和文化，另一方面要通过我们的笔触，真实地记录下我们每一个民族创造新生活和新历史的壮丽画卷。

我认为，传承和延续每一个民族的文化都不是一般意义上的传承。任何一个伟大的作家和诗人，如果你离开了你的民族的心灵和灵魂，你就不可能具有深刻的洞察力，从而真正表现出你的民族的伟大精神世界。我们阅读历史上这些大师的作品，每一部作品都具有自身的民族的色彩，同时又具有超越时空和单一民族的人类意识，他们的作品是个性和人类普世价值高度统一的光辉典范。

《百年孤独》是马尔克斯的代表作，也是20世纪最伟大的长篇小说之一，它写的是拉丁美洲的精神史，写的是印第安人的心灵史，写的是整个拉丁美洲100年的苦难史和命运史。马尔克斯用魔幻现实主义的手法，把土著神话和传说，把印第安人的原始思维，以及他们对生命、对灵魂、对死亡的观念和表述方式，都浓缩在了一部寓言般的史诗作品中。这部作品是用西班牙语写的，它打破了一般意义上的时间和空间的关系，打破了现实世界和神灵世界的关系，它在人鬼之间构筑了一个迷宫一样的世界。在小说的叙述手法上，他运用的是拉丁美洲人固有的讲故事的语气，当然在艺术手法上，马尔克斯也大胆地借鉴了包括卡夫卡、海明威、福克纳等重要作家的作品。

《百年孤独》对我们是一个启示，我们只有把我们的笔深深地植根于养育了我们民族的大地的子宫中，我们才可能写出震撼人心的史诗般的作品。我们的作品才可能超越国界、超越民族，成为人类共有的精神财富，我想这才是我们每一个人应该追寻的目标。当然，作为一个少数民族作家，可以说是他所属民族的精神代言人，我们要更加关注人类的生存问题，当代的民族和宗教问题以及人类面对死亡、面对危机的问题。我们不仅要关注我们民族自身的历史进程，同时我们还要关注整个世界的历史进程。我们要把我们民族所经历的欢乐、痛苦、苦难等等都呈现在自己的作品中。

我们应该充分地认识到，作为一个民族的作家，我们所处的时代是一个正在发生剧烈变革的时代，我们不能作为这个时代的旁观者，我们必须是参与者和行动者。我们只有洞察我们民族的历史、我们民族的文化，洞察这个时代发生的一切，我们才有可能描述和呈现这个时代。我们每一个作家都是人类文明的儿子，吸收所有人类文明的伟大的成果来武装自己，来丰富和强大自己，是我们的必然选择。我们真正站在了世界文化的高地上，才可能具备高远的眼光，才可能书写出我们民族的新的壮丽史诗，才可能用文字描述出我们波澜壮阔的历史画卷。如果没有这样的思想和文化准备，我们就不会真正抓住我们民族历史和现实的本质，也不可能真正找到我们民族所处的历史方位，当然也不可能写出划时代的作品。

讲到这里，我想简单介绍一下当前世界文坛的一些情况。在当今世界文坛，总有一些消息会让大家感到异常吃惊。可能大家已经注意到了，今年的10月8日诺贝尔文学奖评奖委员会宣布得奖的是一个罗马尼亚裔德国作家，名字叫米勒，当这个作家得奖的消息传到全世界的时候，不要说在中国，就是在世界上别的国家，很多重要的通讯社和文学机构，都不知道这个人，更不知道她写过什么作品。德国有一个评论家说，当他知道这个女作家得诺贝尔文学奖的消息时，惊讶得差点从椅子上掉下来。

中国许多新闻机构为了报道这一消息，纷纷打电话给中国社科院外文所咨询这一情况。好在《世界文学》过去还曾经翻译过她的几个短篇小说，并且对她的一些简单背景情况还略有了解。据介绍，她的作品在中国大陆介绍得非常少，台湾地区曾翻译出版过她的一本书。据资料介绍，在现在的德国她也不是一个所谓的畅销书作家，大众读者对她的了解也非常有限，在德国纯文学圈子里面的作家对她还是比较推崇的，她的作品写的大多是在罗马尼亚一个少数民族族群的境遇。她很长时间生活在罗马尼亚，她的家族是罗马尼亚的少数民族，齐奥塞斯库政权消失后，她和她的丈夫移民到了德国，她长期用德语写作，她的许多作品是在德国出版的。

我给大家介绍这样一个作家的获奖情况，是想说明什么呢？就是想要告诉大家一个信息，现在世界上许多重要的文学奖项，它们现在更关注哪一类的作家，像诺贝尔文学奖这样重要的文学奖项，在今天它们更青睐哪一种作品。有的作家虽然在世界范围内并不知名，但他们的作品却引起了一些重要文学机构的关注，往往是每年的10月8日诺贝尔文学奖公布获奖者的名字时，有不少获奖者在一夜间成名，全世界都知道了这个人。我们注意到一个现象，瑞典的诺贝尔文学奖、法国的龚古尔文学奖，近20年来非常关注作家的文化背景，对其地域性的文化贡献格外看重，对获奖作家和诗人的文化身份给予了更多的关切。当然需要说明的是，这些作家和作品绝不是简单地代表了一个民族或者说一种文化，他们的作品表现了人类的生存状况，具有极高的普世价值；这些作品往往深刻地描述了人类复杂的精神世界以及人类面对苦难所表现出的高尚行为。

许多得奖作家和诗人获奖前大多是区域性的作家，在全世界并不知名，其中有不少就是少数民族作家。我告诉大家这些重要文学奖项的评奖情况，并不是想说因为强调作家的文化代表性，这些奖项降低了评奖的标准。

其实恰恰相反，因为世界多元文化的共存，这些获奖作家的作品，除了在艺术创新上有重要贡献外，他们的作品还是这些民族的文化符号，对人类来说是弥足珍贵的。这些作品记录了人类某一部分人的历史，从社会学、人类学的角度来看，这些作家和作品都要比那些所谓时尚型的畅销书更有价值，虽然他们并不为大多数人所知晓。

刚才我说有的作家因为突然获奖让大家感到很吃惊，并不是说这个作家的作品写得不好。还有一些知名作家，听说一直在诺贝尔文学奖的候选名单上，捷克裔法国作家米兰·昆德拉、美国著名的小说家欧茨·罗斯，他们虽然在全世界都很有名，但在这几年的诺贝尔文学奖最后角逐中都名落孙山。老实说，我更喜欢那些地域性很强的作家获奖，因为他们代表了一种不可替代的文化。前几年得奖的是一位法国小说家，他还来过中国，在法国文学圈里面属于边缘作家，他写的大多是非洲和南美印第安人的生活，基本上都是亚文化的东西；英国女作家多丽丝·莱辛写的基本上是有关非洲生活的东西，其代表作《小草为什么歌唱》，写的就是她青年时代所经历的非洲生活，很好看，大家可以找来看看。总之，这是一个现象，在多元文化的背景下，许多重要奖项都授给了这样一些文化特性和民族特性很强的作家，而这些作家的作品，在艺术上也达到了相当高的水准，无论是诗歌还是小说的技巧都非常精湛。把这些作品放在人类的文学史上，其价值也不会被湮没，一定会从浩如烟海的文学宝库中凸显出来。

这不奇怪，近20年的诺贝尔文学奖所评出来的作家，好多人在获奖前并不被大多数人所知，我刚才说到的德国作家米勒，就是这样一个人。前两天德国正在举办国际书展，有记者采访参加书展的德国观众，问他们知不知道这个作家、有没有读过她的作品，大多数人都不知道。当然我并不是说她的作品写得不好，其实她的作品无论是思想性还是艺术性都很好，文学价值也非常高。我是想说在今天这样一个消费主义时代，严肃的文学已经被彻底地边缘化了，更何况她作品所写的内容都是东欧罗马尼亚一个少数民族的生活。非洲肯尼亚有一个作家叫詹姆斯·恩古吉，写过一部小说叫《孩子，你别哭》，据说这个作家作为诺贝尔文学奖候选人已经排在了前几名；尼日利亚世界级的小说巨匠、黑人作家钦努阿·阿契贝现在也是诺贝尔文学奖的热门人选，他的同胞、诺贝尔文学奖获得者索因卡，称他为"非洲文学之父"，这是一位了不起的大作家，我建议大家可以找他的小说看看，他的小说已有好几个中文版本。

阿尔及利亚有一个作家叫穆罕默德·狄布,其三部曲小说的首部《大房子》在法语世界具有广泛影响。这些都是非常优秀的作家。阿尔巴尼亚是一个非常小的国家,但出了一个大作家名字叫卡达莱。作家出版社过去翻译出版过他的一部长篇小说,书名叫《亡军的将领》,这个作家在西方具有很大的影响。2005年英国布克文学奖大奖首次开评,候选人都是过去获得过布克奖的世界级小说家,评委会经过激烈争论,最终将这个奖颁发给了阿尔巴尼亚的卡达莱。你们可以找他的小说看,写得也是非常的好。卡达莱是一个世界一流作家,但他生活的国家阿尔巴尼亚是这样一个小国,但是就是因为其作品的特殊价值,他让世界又开始关注巴尔干,关注阿尔巴尼亚这样一个山鹰之国。

同样,中亚的吉尔吉斯斯坦也是一个小国,也出现了一个大作家,名字叫艾特玛托夫,这个作家大家比较熟悉,他所有的作品基本上都被翻译成了中文。如果按人口比例,吉尔吉斯斯坦绝对是一个小国,在20世纪后半叶出现这样一个伟大作家,无疑是吉尔吉斯斯坦最重要的国际荣誉。哈萨克斯坦,在20世纪同样产生了一位伟大的作家,他叫穆合塔尔·阿乌埃佐夫,可以说他和艾特玛托夫也是同时代的人,据说后者还深受其作品的影响。阿乌埃佐夫写的《阿拜之路》，在苏联时期该作品就与杰出作家肖洛霍夫的名著《静静的顿河》齐名，成为苏联文学中经典作品之一。

这些作家的作品大多有一个特点，就是在你阅读时都能深入到你的内心，深入到你的灵魂深处。我曾经说过，作为作家和诗人，我们能不能用我们的手抚摸到人类灵魂最柔软的部分，是不是能真正写出这个最柔软部分给我们的感动，这就需要我们除了具有特殊的勇气之外，还应具有崇高的人文主义理想和人道主义思想，必须深入到历史本质的底部，深入到人类思想情感的最深处，只有这样才有可能写出真正的大作品。在今天写作，首先我们一定要树立信心，千万不要被这样那样的说法所迷惑。一个优秀的少数民族作家，首先在思想上我们要树立文化上的信心，要用一种开放的眼光和意识来进行学习和思考，我们要不断提高作为一个作家所应具备的综合性素质，同时我们要不断地提高我们的写作技巧和驾驭文字的能力，那些前辈作家的经验告诉我们，许多伟大的作家和诗人都是语言大师。总之，今天这个世界对多元文化的认同，已经超过了历史上的任何一个时候，这无疑是历史的进步。可以说，这对于我们常常处于所谓文化中心边缘的每一个少数民族作家，的确是一个优势而不是劣势。

下面,我想说一说关于民族的心理结构问题。固然这不是一个简单的问题,我们的作品能不能准确地把握不同民族的历史和文化,能不能写出这个民族的心灵史,这就要求我们必须准确地把握这个民族的思想和情感,而不是简单地通过文字去展览我们的民族风俗,这一点对于我们来说尤其重要。普希金是一位世界性的诗人,他离开我们已经很长时间了,但是今天我们阅读他的作品,仍然能感到其作品的鲜活,仍然能被他的作品深深地打动。普希金的作品就是俄罗斯民族的心灵之歌,他天才般地描述了俄罗斯民族的历史、苦难和希望,他诗歌中那种向往自由、追求平等、赞美爱情、同情弱者的思想,已经成为了全人类共同的财富。作为一个诗人,普希金首先属于俄罗斯民族,但他同时又属于全世界。就是现在我也经常阅读普希金的作品,他是放在我床头经常阅读的经典作品之一。苏联著名的诗人,后来流亡美国并获得诺贝尔文学奖的约瑟夫·布罗茨基,在被驱逐出苏联的时候,他曾给当时苏共中央总书记戈尔巴乔夫写过一封信,他在信中表明,虽然他离开了他的祖国,但是因为有俄语,有这种伟大的语言,他就永远不可能和伟大的俄罗斯民族和历史分隔开,因为俄罗斯美丽的语言养育诞生了普希金、列夫·托尔斯泰、屠格涅夫、叶赛宁、帕斯捷尔纳克、阿赫玛托娃、茨维塔耶娃这些伟大的作家和诗人，所以他认为俄语永远是他的故乡，而俄罗斯的文化和历史也永远是他的故乡。

可以看出，这些杰出的作家和诗人都是他所代表的那个民族的良心，他们就像热爱生命一样热爱本民族的文化和历史，他们倾其一生都在捍卫自己民族的文化权利。他们是我们永远学习的榜样。但是有的作家，不去研究自己民族的历史和文化，作品大多是无根之木、无源之水，写的作品缺少根性，更没有他那个民族的文化特性。从世界文学和艺术的更广泛领域去看，像卡夫卡这样的作家，像艾略特这样的诗人，像毕加索这样的画家，他们都是某种艺术形式创新变革而改变其发展进程的巨人，说实在的，这样的大师级人物一个时代或许可能就出一两位，这是时代的选择。但是我们不难发现，人类漫长的文学史和艺术史告诉我们，还有不少同样伟大的作家和诗人，他们的作品无论就其提供的文化价值还是民族的历史价值而言都非常大，同样他们的作品在艺术上也有很高的审美价值。

我认为，爱尔兰的叶芝就是这样的诗人，法国新小说派的代表人物尤瑟拉尔就是这样的作家，他们的诗文都具备经典作品的品质。在文学史上,一个作家的重要性怎么衡量,可能要有一个较长的时间。有的作家,现在的文学界给予的评价很高,但是再过几十年或者说上百年我看就会有另外的评价。中国有很多作家都进入了文学界,但是大家或许并不知道云南有个作家叫董秀英,她写了一个佤族部落三代女人的故事,在我看来,她的小说在人类学、社会学、民族学领域内所提供给我们的研究价值,要比现在好多所谓获得许多重要奖项的作品的价值大得多。作为一个作家,我肯定愿意把董秀英的书放在我的书架上,我对她充满着一种敬意和尊重,对我来说,董秀英就是她民族的"托尔斯泰",就是她民族的"巴尔扎克"。诚然,她的长篇小说还可以提高其文学技巧,还可以加大这本书的思想和艺术容量,但是即便如此,我认为她给我们提供的佤族的史诗般的画卷,也足以让我们向她表达一个同行最崇高的敬意。

说到这里,我们还可以举世界级的小说家为例。前面我已经讲到过马尔克斯,他把美洲印第安人的独特价值体系在小说中进行了呈现,神话传说、离奇的故事、神鬼之间,都被巧妙地融进了这部复调般的小说中。《百年孤独》是拉丁美洲民族的一部心灵史,是一部真正意义的史诗,难怪有人把马尔克斯的《百年孤独》看成是拉丁美洲的《圣经》，我想这是有道理的。我们要了解一个民族和一个国家，最好的办法就是去读它优秀的作家和诗人的作品，因为阅读这些作品我们就能深入到这个民族的灵魂中去，从而真正地认识这个民族。我就是从读马尔克斯的《百年孤独》、读乌拉圭作家爱德华多·加莱亚诺的《拉丁美洲被切开的血管》认识了拉丁美洲，并开始理解和同情拉丁美洲，最后全身心地爱上了拉丁美洲。作家要思考这些重要的问题，作家首先应该是思想家。今天大家在鲁迅文学院学习，就要对一些深层次的问题进行思考，我相信通过这种思考，你们会有长足的进步。

大家或许已经注意到，许多国际性的文学会议都在谈论文化中心与边缘的问题。欧洲文化中心形成已久，如何打破欧洲文化中心的垄断，其实是许多亚文化国家、第三世界国家的一个基本共识。由于欧洲文化中心论的影响，很长时间西方学术界，基本上是以欧洲的文化价值观来衡量世界的文学，这其中不乏偏见和误读。在上一个世纪中叶，世界上最有影响的作家和诗人也主要集中在欧洲和美国，比如说美国的菲茨杰拉德、海明威、福克纳，法国的萨特，意大利的莫拉维，德国的伯尔，爱尔兰的乔伊斯等等，但是随着20世纪后半叶民族独立运动的蓬勃兴起，第三世界国家除了获得了国家独立外，在文化上也开展了一系列的民族文化复兴运动，一些国家在这时也随即涌现出了许多世界级的诗人和作家，从而开始改变这个世界的文学版图。

就是美国这样的国家，在文学领域也发生了很大的变化。原来美国的所谓的主流文学一般不包括黑人作家和犹太人作家，但是随着犹太作家艾萨克·辛格、索尔·贝娄获得诺贝尔文学奖，黑人作家埃里森写出《看不见的人》、黑人诗人兰斯顿·休斯一系列重要抒情诗歌的出版，从此开始颠覆美国文坛所谓主流文学和非主流文学的关系。半个世纪以来，美国文坛已经真正形成了一个多元共存的格局。其实，美国文坛的这一现象，在当代中国文学中也有相近的情况。新中国成立之初的中国当代文坛上，重量级的少数民族作家和诗人为数很少，但是今天再来看中国当代文学，如果列出100位重要而还健在的作家的话，我想其中有20位一定是少数民族作家。

在这里，我要顺便说说母语写作。在我国的少数民族作家群体中，有不少作家是坚持用母语写作的，这当然应该得到充分的尊重。用母语写作能更好地表达那个民族的生活，特别是能表现独特的思维习惯，母语具有一种独特的魅力；但是这里又有一个翻译的问题，许多少数民族母语的使用人数和范围都非常有限，为了扩大作品的影响，就必须进行翻译。近十几年，中国许多少数民族母语作家的作品，都被陆续翻译成了汉语，但尽管这样，还有许多作品不为更多的人所熟知。前面我讲到的美国犹太作家艾萨克·辛格的作品都是用意绪第语写的，后来是经过他的同胞索尔·贝娄翻译成英文才使他的作品享誉世界，许多国家都出版了他的小说，绝大部分都是从英文转译的，可见翻译的重要。

现在大概有 12 个国家出版过我的诗集，语言文字包括法语、德语、捷克语、波兰语、意大利语、韩文、西班牙语等等。我感到最难的是诗歌语言的翻译，从严格意义上讲诗歌是不可译的，翻译诗歌永远会留下遗憾。用一个形象的比喻，诗歌翻译就像一条小船，它正在从此岸驶向彼岸，而彼岸永远是可望而不可即的目标，而翻译家就像一位舵手，他要力争离岸边越近越好。诗歌的翻译最好由诗人来完成，我有一本保加利亚文的诗集，据说翻译得很好，它就是由一位保加利亚诗人和一位汉学家共同合作完成的。读外国诗人的翻译诗，我还是喜欢读穆旦、戴望舒、戈宝权的翻译作品，因为他们都是诗人。当然，也有许多天才的作家，他们掌握和使用语言的能力都很强，比如说俄裔美国作家纳博科夫、苏联少数民族作家艾特玛托夫,他们大都使用母语之外的第二种语言写作,并且都取得了骄人的成就。

从上个世纪70年代以后,世界文学的格局又发生了很大的变化,就美国而言,许多少数民族裔的作家诗人开始纷纷进入文坛的主流。美国黑人女作家托妮·莫里森,她的小说《所罗门之歌》《柏油孩子》在英语世界产生了广泛影响,她的大部分作品也被翻译成了中文,你现在到任何一个城市稍大一点的书店去找她的书,至少能找到六七种。上个世纪50年代兴起的拉丁美洲爆炸文学、魔幻现实主义文学可以说影响了全世界。长篇小说《玉米人》《总统先生》的作者阿斯图里亚斯,早在上世纪60年代就获得了诺贝尔文学奖,大家所熟悉的智利诗人巴勃鲁·聂鲁达,也获得了诺贝尔文学奖,其实在此之前,他的同胞女诗人米斯特拉尔早已获得了这一荣誉,马尔克斯在上个世纪80年代初又将诺贝尔文学奖揽入怀中,将拉丁美洲文学推到了世界文学的最前沿。

因为这些作家和诗人,拉丁美洲文学不再被边缘化。在这个时期还有一些作家和诗人,无疑是拉丁美洲文学中永远不可被遗忘的名字,他们的文学成就或许一点都不低于前面所提到的那些获奖者,这里面有西班牙诗人洛尔迦、秘鲁诗人塞萨尔·巴列霍、阿根廷作家诗人博尔赫斯等等。东欧文学很长时间也不为人所关注，但是在今天世界文学的版图中，东欧的作家扮演着重要的角色。捷克诗人塞弗尔特、作家米兰·昆德拉、波兰女诗人辛波丝卡、诗人米沃什、诗人鲁热维奇等等，都具有广泛的国际影响，其中有三位还获得了诺贝尔文学奖。有趣的是，这些作家都是文化特性非常鲜明的作家，像捷克诗人塞弗尔特，就被捷克人尊崇为他们的民族诗人。这些作家和诗人甚至终其一生都在歌颂他的民族、祖国和生养他的土地。有的作家一生都在写他生活的"小地方"，这种情况在中外文学史上并不鲜见。美国作家福克纳的小说，写的是美国南方的一个小地方的生活；中国作家沈从文一生都在写他童年的生活，写他永远的湘西。现在看来，这些作品的价值都非常高，他们的作品都是地域特色和人类意识相统一的杰作。

以上我向大家随性介绍了这么多杰出的作家和诗人，他们无疑都代表着他们的民族，是他们民族精神和文化的代言人，这些世界级的作家其中不少在他们所生活的国度也是少数民族，他们已经为我们树立了光辉的榜样，增强了我们的文学信心。这些作家的作品，大多深刻而全景式地反映了他所处的那个时代和民族的真实生活，难怪有人把马尔克斯的小说称为"拉丁美洲的百科全书"，把阿契贝的小说称为"非洲的百科全书"。我觉得树立文学的信心和文学的理想同样重要，我们只有真正置身于我们民族伟大的文化传统，深入到我们民族的心灵世界里面去，我们才可能准确地呈现出我们的民族在这个新的时代进行的创造，这里包括物质的创造和精神的创造。

讲到这里，我给大家介绍一个有趣的事。在上一个世纪70年代末，中国已经翻译出版了马尔克斯的中短篇小说集。说实在的，当时的阅读者并不多，在马尔克斯1982年获得诺贝尔文学奖之后，他的作品才开始畅销。特别是《百年孤独》在中国出版后，才掀起了一股拉丁美洲"文学爆炸"经典作品热，有意思的是，在此之前，所谓处于中国文学中心的北京、上海的许多作家对马尔克斯是何许人根本不了解，而相反我们处在西部的少数民族作家却早已开始阅读他的作品。我记得我和藏族作家扎西达娃、色波等人，那时候就在一起相互热议马尔克斯的小说，这是因为我们对马尔克斯有一种天然的亲近感，我们从他的作品中能找到许多对应的东西。他的作品给我们很大的启示，就是处于弱势的边缘文学，在某种时候也能创造文学的奇迹。马尔克斯的道路，从某种意义而言就是我们的道路，他给我们提出了一个又一个疑问，而这些疑问最终以他的作品所获得的世界级的成功而得以解答。

由于马尔克斯的影响，扎西达娃的作品《西藏，系在皮绳结上的魂》无疑是那个时期最优秀的小说之一。在这方面，西班牙诗人洛尔迦的诗歌、古巴黑人诗人尼古拉斯·纪廉的诗歌，在当时的文学环境下都对我们产生了重要影响。我现在已经去过全世界四五十个国家，经历了许多重要的文化事件，也结识了许多不同国家的重要作家和诗人。我认为，一个作家一定要具备高远的文化眼光，要善于向别的作家和文化学习。当然我们一方面不能妄自菲薄，同时也不能狂妄自大。文学是需要借鉴的，我们一定要向那些世界级的大师借鉴，要把我们追求的目标定得更高一些。许多少数民族作家，在成长的过程中都有一个文化觉醒的过程，作为作家我们应该是这个民族中最早苏醒的人，我们是黎明的号手，同时又是未来的预言家。所以说学习和借鉴对作家非常重要，就是一个成熟的作家，一生中也不能放松对经典作品的学习。在这方面俄罗斯文学巨人列夫·托尔斯泰就是我们的楷模。

尽管我现在行政工作非常繁忙，但是对经典的阅读，对当代一些世界性作家的作品的阅读却从未停止过，我始终保持着对阅读的兴趣。最近我正在阅读刚才提到过的阿尔巴尼亚作家卡达莱的作品，这是重庆出版社刚刚出版的他的一本小说，名字叫《破碎的四月》。我建议大家一定要有更为广泛的阅读面，哲学、人类学、民族学、社会学的领域我想都应该涉猎，这是一个作家必备的文学素养。就我的经验看，一个作家的文学修养好，他的文学气质也会很好，而他的作品都会达到一定的高度，不会太参差不齐。但是我又要提醒大家，面对浩如烟海的文化遗产，我们的阅读也要有所选择，要选择一些和你的文学气质很相近的作家的作品来阅读，有的作品要精读，要进行反复研究。契诃夫、莫泊桑是短篇小说大师，写短篇小说的人就应该很好地去研究小说的结构、对人物的细节描写。

意大利作家布扎蒂、卡尔维诺都是具有幻想主义色彩的作家，他们的小说技巧都非常高，读他们的长篇小说就像读一部寓言。当然还有不少作家，可以说他们的小说都充满着诗意，比如像古巴的卡彭铁尔、法国的玛格丽特·杜拉斯。说到这里，我想起一件事。前不久在北师大参加一个国际性的文化活动，有一位中国作家在演讲时说到，马尔克斯的《百年孤独》他只读到一半就再读不下去了。我不知道他是想说明自己对《百年孤独》不屑一顾,还是因为这本小说不忍卒读。但是,我想不管是什么原因,我们对这样一部20世纪的经典小说应该给予充分的尊重。当然,作家读什么书是个人的选择和自由。

在我即将结束今天演讲的时候,我想朗诵最近写的一首诗给大家,算是赠送给大家的礼物。前不久我刚刚访问了南美的智利,去朝拜了巴勃罗·聂鲁达的故乡。聂鲁达是艾青先生的朋友,艾青先生更是我的老师。聂鲁达是20世纪最伟大的诗人之一,他一生去过世界许多地方,最后离开这个世界的时候选择的长眠之地就在智利海峡上。这次我专门去了他的故居,祭拜了他的墓地。在聂鲁达的故乡——智利北部,我们去了一个叫巴塔哥尼亚的地区。这个地方有一个叫卡尔斯卡尔的印第安人族群,由于历史的原因这个族群只剩下最后一个人,这个人被誉为"玫瑰祖母"。她活到98岁,她的死让这支印第安人族群在地球上永远地消失了,这首诗也是我献给"玫瑰祖母"的挽歌。现在我念给大家听:

你是风中
凋零的最后一朵玫瑰

你的离去
曾让这个世界在瞬间
进入全部的黑暗
你在时间的尽头回望死去的亲人
就像在那浩瀚的星空里
倾听母亲发自摇篮的歌声
悼念你,玫瑰祖母
我就如同悼念一棵老树
在这无限的宇宙空间
你多么像一粒沙漠中的尘埃
谁知道明天的风
会把它吹向哪里?
我们为一个生命的消失而伤心
那是因为这个生命的基因
已经从大地的子宫中永远地死去
尽管这样,在这个星球的极地
我们依然会想起
杀戮、迫害、流亡、苦难
这些人类最古老的名词
玫瑰祖母,你的死是人类的灾难
因为对于我们而言

从今以后我们再也找不到一位
名字叫卡尔斯卡尔的印第安人
再也找不到你的族群
通往生命之乡的那条小路

在鲁迅文学院少数民族作家创作班上的演讲
2009年11月23日

当代世界文学语境下的
中国诗人写作

首先,我想说明的是,"当代世界文学语境下的中国诗人写作"是很宽泛的一个题目,它所包含的内容是极为丰富的。就这个题目和它所包含的内容而言,完全可以写一本关于此方面的专著。但是为了说明今天的中国诗人与世界文学的关系,我还是固执地选择了这个似乎太大的题目。另外,作为一个个体的诗人,我想我的看法和见解,也不能完全代表文学气质有着很大差异的中国不同民族的诗人。

不过在这里,有一点是可以肯定的,

那就是今天几乎所有的中国诗人，都在一种更为开放的状态下写作，特别是随着中国文学翻译界近30年的卓有成效的工作，可以说当代世界不同地域、不同种族、不同国度的大部分代表性诗人的作品也都在近几年里被大量翻译成中文出版。许多当代中国诗人在写作中，无疑都受到了当代国际诗坛创作思潮的影响，特别是在当代诗歌的实验写作方面，不少外国重要诗歌流派以及重要诗人的作品，可以说对中国大部分当代诗人在创作上的影响都是十分明显的，对有的诗人的影响就更为深刻。他们所受的影响不仅体现在写作技巧上，有的甚至在写作风格和文体上，也留下明显的外来文学的影响的痕迹。

当然在这里我需要说明的是，中国文学传统，特别是中国诗歌的美学传统，依然是中国诗人在文学传承上所受影响的主要来源，因为中国现代诗人，从上个世纪20年代到今天，走过了一条中国新诗歌不断探索、甚至是历险的道路。这其中有抛开中国语言自身的特性，尤其是割裂中国古典诗歌美学传统的根脉，而一味全盘模仿外来诗歌的沉痛教训，同时也存在过完全在形式上和写作方法上沿袭中国古典诗歌、在整个创作思想上反对创新——特别是就创造新的诗歌艺术形式毫不宽容的主张和现象。这似乎从另一个角度，也给我们留下了需要去正视的失误。

但最为可喜的是，虽然存在着这样或那样的一些问题，但中国现当代诗歌的发展，其主流还是健康的。在近100年的中国诗歌发展过程中，应该说有一些重要的诗人和作品，就是今天我们把他们放在当时不同国家和民族的代表性诗人中间进行比较，应该说都是毫不逊色的。特别是这些诗人和作品中所体现出的东方文化精神，尤其是诗歌中的哲学和美学意境，客观地讲，在当时所谓的世界文学这个大格局中均具有不可替代的价值。

简单地回顾这些历史过程，我试图阐释一个问题，就是想说明，无论是过去的那一个世纪，还是今天在当代世界文学的语境下，中国诗人的写作或者说中国大多数诗人的写作，都在进行某一种所谓的"纵的继承"和"横的移植"。其实简言之，"纵的继承"就是对中国数千年来所形成的伟大文学传统或者说诗歌传统的继承，而"横的移植"就是对世界各国、各民族优秀文学作品，当然，包括经典诗歌作品的学习和借鉴，在今天尤其是要对当代世界各国、各民族的优秀作家、诗人的作品进行学习和借鉴，这正好印证了中国一句古话"他山之石，可以攻玉"的道理。

其实说到这里，我还想说的是，中国文化本身具有一种极大的包容性,也可以说在学习和借鉴外来文化方面有着悠久的传统。据有关学术机构统计,近几十年中国翻译出版的外国人文类著作达到10万种以上,而世界各国所翻译出版的中国人文类著作却与这个数字相差甚远。这也说明了进一步开展好文化交流的重要性。其实我们今天这个论坛的交流就是一个好的开端,因为它让许多不同种族、不同国家、不同宗教信仰、不同文化背景,用不同语言文字写作的作家和诗人坐在了一起。

第二,我想讲的问题是,在当代世界文学语境下,中国诗人的写作,到底受到了哪些具体的影响,而这些影响又是如何产生的?当然这同样也是一个很大的题目,用一两句话是很难说清楚的。就是让不同的中国诗人来阐述这个问题,我想也会有很大的差异,因为每一个诗人都会从自己不同的角度来谈自己所受到的外国作家和诗人的影响,这是一个很自然的事情。所以说在这里我想谈一些更具有共性的、有关当代中国诗人在写作中学习和借鉴当代外国文学的问题。

同样在以下的举例中,我会随意谈到一些当代外国诗人,他们以及他们的作品被介绍到中国之后所产生的影响。我想从上一个世纪50年代的一些重要外国诗人谈起。俄罗斯及苏联诗人的作品对当代中国诗歌创作的影响是巨大的，除了革命诗人马雅可夫斯基之外，著名的俄罗斯乡土诗人叶赛宁，诗人曼德尔施塔姆，著名女诗人阿赫玛托娃、茨维塔耶娃，诺贝尔文学奖获奖诗人帕斯捷尔纳克等等，他们诗歌中的人道主义精神以及俄罗斯文学所特有的悲悯情怀，可以说从灵魂和心灵世界中深刻地影响过几代中国诗人。就是到今天，这些天才的俄罗斯诗人作品仍然在影响着当代中国诗人的写作，特别是他们所特有的那种高贵的道德勇气和力量，对中国当代年轻诗人的思想和精神所产生的影响同样是巨大的。

这可能是一个文学现象，俄罗斯诗歌似乎在中国诗人中一直有着崇高的地位。前不久，许多年轻的中国诗人就俄罗斯楚瓦什共和国杰出的诗人捷纳狄·艾基的作品又展开了广泛的讨论。作为当代俄罗斯特殊的先锋派诗人，他的作品深刻地记录了人类存在的真实以及诗歌所描述的大自然的本质，他的创作真正继承了俄罗斯诗歌中有关热爱自由、不屈服专制、同情弱者、歌颂生命尊严的优秀传统。

盎格鲁-撒克逊民族及英语国家的当代世界文学同样对中国诗人的写作有着重要的影响。远的不用说，从上一个世纪后半叶开始，美国诗人埃兹拉·庞德的印象派诗歌被陆续翻译成中文，诗人艾略特的杰作《荒原》

就有多个版本在中国翻译出版。美国杰出的民族诗人弗罗斯特、卡明斯，美国"垮掉派"诗人代表人物金斯堡，美国"自白派"天才女诗人西尔维娅·普拉斯以及英国诗人特德·休斯等众多英语语系的诗人被大量翻译介绍到中国。现在从中国现当代诗歌的发展轨迹中可以看出，英语现代诗同样深刻地影响了许多中国当代诗人的创作。在诗歌意象的运用上，在诗歌深层次表现人类世俗生活以及用诗歌语言探索人类心灵世界方面，都为中国现代诗的创作注入了一种异样的活力。

在谈到当代外国诗歌对中国诗人影响的时候，我们不能不谈到西班牙语系的诗人，他们是西班牙诗人洛尔迦、智利诗人巴勃罗·聂鲁达、秘鲁诗人巴列霍、阿根廷诗人博尔赫斯、古巴诗人尼古拉斯·纪廉、墨西哥诗人奥克塔维奥·帕斯等等，他们就像夜晚天空中的群星，各自闪耀着迷人的光芒。在这里我不可能一一列出他们全部的名字，但是他们杰出的诗歌，已经像鲜红的血液一样，流进了许多中国诗人的血管，是拉丁美洲诗人教会了我们应该怎样尊重自己的本土文化，应该怎样通过自己的创作去复活我们民族深层的历史记忆和文化记忆。

需要说明的是，中国是个多民族的国家，中国的文学也是个多民族国家的文学。在当代世界文学大格局中，黑人文学、犹太人文学等民族或者说区域的文学，也同样对当代中国不同民族的作家、诗人产生过不可忽视的影响。在这方面，美国黑人诗人兰斯顿·休斯、犹太民族诗人萨克斯、意大利犹太诗人萨巴、以色列犹太民族诗人耶胡达·阿米亥、阿拉伯巴勒斯坦民族诗人达尔维什、波兰民族诗人米沃什、波兰女诗人辛波丝卡、捷克民族诗人塞弗尔特、塞内加尔黑人诗人桑戈尔、圣卢西亚民族诗人沃尔科特等等，他们对当代中国诗人的影响是多方面的，特别是对中国许多少数民族诗人的影响尤为深刻。这些伟大的民族诗人，他们既是民族文化和精神的代言人，同时他们也代表了一个民族或者说一个时代的良心，他们的全部创作成果既是他们民族的文化遗产，同样毫无疑问也是全人类的文化遗产。他们给中国诗人带来的影响，我相信随着时间的推移将会越来越深远。

尽管以上我都在进行选择性地举例，来证明当代世界文学对中国诗人写作的深刻影响，但是我仍然感到很遗憾，有许多重要国家和民族的诗人未被整体地提及到。在这里为表达对他们的敬意，请允许我列出这些诗人的名字。我知道这仍然是一个充满遗憾的办法，因为同样我不可能列出所有诗人的名字，他们是：印度诗人泰戈尔、法国诗人圣-琼·佩斯、法国诗人米肖、意大利诗人夸西莫多、意大利诗人蒙塔莱、意大利翁加雷蒂、瑞典诗人特兰斯特罗默、希腊诗人塞菲里斯、希腊诗人埃利蒂斯、土耳其诗人希克梅特等等。我深信这里还有许多我没有提及到的杰出的外国诗人，他们所有被翻译成中国文字的作品，已经毫无例外地成为了中国诗人和中国读者学习和阅读的精神食粮，他们的作品已经在另一个民族古老的语言文字中获得了新的生命。凡是阅读过他们作品的中国诗人和读者，将永远会记住他们的名字。

第三，我想简单地谈一谈在当代世界文学语境下的中国诗人写作，应该持什么样的写作立场的问题，或者说我们应该用什么样的写作姿态来面对这个世界。在今天全球化的背景下，一个诗人的文化自觉就尤为重要，当然，诗人的创作永远是个体的创作，无论他是面对这个纷繁复杂的外部世界，还是面对他的灵魂和内心世界，真诚和诚实、正直而富有良知仍然是今天诗人所应该具备的条件和要求，只有这样，我们这个时代的诗人才可能承担起历史赋予我们的责任和使命。当前，我们希望有更多的诗人来关注人类的命运，来共同关注人类的前途，来共同思考在全世界现代化过程中，人类所取得的进步以及人类所遭遇到的前所未有的异化和灾难。

另外，作为人类精神世界的代言人，不同种族、不同国家、不同地域、不同文化背景的诗人们，还应该为今天人类精神生活的重构发挥我们应有的作用。我想这恐怕是我们这个时代任何一个有着责任和良知的中国诗人应持的写作立场和写作态度，同时，也是我们这个时代所有的诗人应该共同努力的目标。如果保护生物的多样性是当今世界已经被认同的普世原则，那么保护文化的多样性同样是当今世界应该被认同的普世原则。今天的中国诗人，应该为中国古老语言和文字进行新的诗意创造做出贡献，应该在自己的诗歌中充分展示中国古老文字的魅力，应该在中国文字神秘的音乐性中创造出更具民族性和东方精神的现代诗。我相信，随着这个世界不同文明、不同文化之间对话的加深，必将进一步地推动世界不同国家间、不同民族间文学的交流。我相信，这种对话和交流最终将从更高的层面上为促进世界和平和全人类进步事业做出不可替代的重要贡献。

在北京师范大学"当代世界文学
与中国国际学术研讨会"上的演讲
2008年10月16日

为消除人类所面临的
精神困境而共同努力

　　与历史上的任何一个时代相比较,今天的世界肯定是一个物质主义盛行和消费欲望空前膨胀的时代。也可以说,在经济全球化的背景下,人类虽然在物质文明和科学技术方面取得了过去从未有过的进步,但在全世界却普遍性地存在着这样一个事实,就是人类的精神缺失已经到了一个令人吃惊的严重地步,人类在所谓现代文明的泥沼中,精神的困境日益加剧,许多民族伟大的文化传统遭到冷落和无端轻视,特别是不少民族的原生文化,在后工业化和所谓现代化的过程中，开始经受着多重的严峻考验。

正因为如此，人类心灵的日趋荒漠化，已经让全世界许多对人类的前途担忧、充满着责任感的有识之士开始行动了起来，大家以超越国界、种族、区域、意识形态和不同宗教的全球眼光，形成了这样一种共识，那就是要在地球上，任何一个生活着族群的地方，为消除今天人类所面临的精神困境而共同努力。

作为生活在今天这个时代的诗人和作家，在这里我还必须要郑重声明，在我们今天身处的物质主义世界，我们的文学应该发挥怎样的作用呢？其实真正意义上的文学，从来就是人类精神世界中不可分割的组成部分，它为净化人类的灵魂，为构建人类崇高的精神生活，发挥着最为积极的重要作用。文学的真实性和作家、诗人所应该具备的人道主义良知，必然要求我们今天的作家和诗人，必须更多地关注人类的命运，关注今天人类所遭遇的生存危机。作家和诗人在面对并描写自己的内心冲突的时候，无论从道德伦理的角度，还是从哲学思想的层面，都应该时刻把关注他人的命运和人民大众的命运放在第一位。

因为只有这样，我们作为作家和诗人才能为继承、纯洁和再构建人类伟大的精神生活传统，选择到一条正确的道路。为了呼吁更多的作家和诗人，来参加消除今天人类所面临的精神困境这一具有特殊意义的活动，我们必须更加尊重世界各民族文化的多样性。这个地球上多元文化的共存，不同民族文化的平等原则，已经为世界上大多数国家和一切追求正义的人们所接受并赞同！政治文明的建设、物质文明的建设以及精神文明的建设，是当今世界上许多国家在不同社会制度框架里所追求的目标和内容。但是如何消除今天人类所面临的精神困境，无疑将是我们生活在不同社会制度、不同国家、不同地域、不同种族的作家和诗人们共同的、最为光荣而艰巨的任务。

在"第42届贝尔格莱德
国际作家会议"开幕式上的演讲
2005年9月17日

在全球化语境下超越国界的各民族文学的共同性

我非常高兴能出席中国、韩国、土耳其三国作家的这个对话会,这是一次令人难忘的聚会,为此我要感谢汉城市政府和汉城热爱自然文学之家的盛情邀请,因为你们这个特殊的友好举动,才使我们最终能在这个充满诗意的季节来到汉城。在这里请允许我,以《在全球化语境下超越国界的各民族文学的共同性》为题,作以下的发言。

如果说20世纪从真正意义上完成了工业革命,而科学技术的发展无论就其速度还是就其规模,都大大超过了过去所经历的几百年。那么就是在今天，还无须我们等到将来，就可以断言，20世纪的确是一个令人难忘、创造了无数精神和物质奇迹的世纪。诚然，同样在这一个世纪，人类也经历了难以言说的痛苦和极为残酷的战争。我们不会忘记，就在20世纪向人类告别的时候，有多少政治家、思想家和哲人在预言着21世纪，有无数的诗人还为此写下了泪水和梦想编织的诗章。

尽管这样，当我们真的生活在21世纪的现实中，当我们再一次发现，人类并没有因为进入了一个新的世纪，而改变了过去的一切不幸时，我们的心情虽然是沉重的，但我们却从未丧失对人类未来的信心。21世纪，是一个更为快捷的信息和数字化的时代，由于人类生活方式所发生的重大变化，必然会带来思维方式和其他行为方式的改变。特别是经济的高速发展，经济全球化的日趋加快，国家间的联系，不同文化背景的各民族文化间的交流，也大大超过了过去任何一个时代。可以这样说，由于资本的跨国流动，各国在经济中所形成的紧密关系，客观上也带来了不同特质的文化间的对话与互动。当然这是一种极为复杂的关系，这其中有相互的学习和兼容，同样也存在着一定层面上的矛盾与冲突。

让这个世界上所有民族的文化都能发展和延续下

去，并真正做到多元文化的共存，我想这恐怕也是人类早已形成的共识。但是我们无法回避，也不应该回避的事实是：在今天，强势文化对弱势文化的包围和消解，已经到了非常严重的地步。任何一个有良知和灵魂的人，无论你生活在这个世界的哪一个地方，都不应该对这一现象，表现出熟视无睹，甚至漠不关心。人类不能没有道德的力量，对正义和真理的追寻，是人类不断走向公正、自由和更加民主的力量源泉。

据我所知，人类对自然界物种的消失，已经有了足够的警惕，并且开始在全球范围内，对其进行最大限度的保存，以维护生物的多样性。但是就文化而言，人类所实施的保护，无论广度还是力度都是远远不够的。在这个世界上，每年都有无数种语言在消失，有不少民族的文化也面临着难以传承下去的危险。当然，文化的继承、发展和融合是一个非常复杂的问题。但是当我们面对这个多元文化并存的世界，作为人类精神文化代言人的作家和诗人，我们必须表明自己的严正立场，并将身体力行地捍卫人类各民族文化的多样性。我想正因为人类不同文明的共存，人类不同民族文化的共存，这个世界才会是丰富的，这个世界的全面发展也才是合乎人道的。

讲到这里，我要请大家原谅，因为你们一定会说，你不是在谈全球化语境下超越国界的各民族文学的共同性吗？是的，正是因为我要讲这种超越国界的各民族文学的共同性，我才有必要把这种超越国界的各民族的文化（包括文学）理应存在的前提讲清楚，因为只有这样，我们才不会忽视各民族的文化和文学存在的特殊价值。也只有这样，我们才会从内心深处尊重世界上任何一个民族的文化，并对这个文化所养育的伟大作家和天才的诗人们，致以最为美好的兄弟般的敬意。正是这些不同国家、不同地域、不同民族的作家和诗人的创造性劳动，才使人类的文学宝库不断得到丰富和补充。这些闪耀着人类智慧光芒的文学经典，真正超越了国界和民族，被翻译成世界上众多的语言文字，被大家所热爱和阅读。事实上这些经典作家和作品，已经成为人类精神生活中最重要的一个组成部分。

现在我想就超越国界的各民族文学的共同性再谈一点意见。首先，我想重申的是，今天的人类，无论从政治上、经济上还是文化上都面临着许多共同的问题。我们怎样建设一个更加和平而富有人道精神的、有利于人的全面发展的21世纪，文学应该起到什么作用，对于生活在这个时代的作家和诗人而言，都是一个必须严肃对待的问题。我不想把这个时代，简单归结为一个被核原子威胁的时代，但是冷战结束后的形势，已经真实地告诉我们，人类并没有因为东西方两大阵营对垒的消失，而从此变得天下太平。

区域性的战争从未停止过，种族和宗教间的冲突常常以数以千万计的生命和流血为代价。我们都曾祈盼过中东能降临和平的曙光，但我们最后得到的却是更大失望。震惊世界的美国"9·11"事件，对国际关系和地缘政治的改变，对新的世界格局形成，都将产生极为重大的影响。世界多极化和经济全球化产生的新的矛盾，不同的意识形态、宗教和价值观差异等等，总而言之，我们的地球是失衡的。生态的严重恶化、人口的暴涨、资源的日渐匮乏、人的生存权利在许多地方遭到侵犯，都给生活在今天的有责任心和良知的作家和诗人们提出了要求，我们只有真实地反映出这个时代的精神，把人民的意愿客观地反映在自己的创作生活中，我们才会真正体现出一个作家和诗人应有的人类意识。

虽然和平与发展，仍然是今天人类世界的两大主题，但人类的心灵世界和精神生活的巨变，其深刻性和复杂性，是过去任何一个时代都无法比拟的。但同时我还想说的是，可怕的物质主义已把人类变得越来越缺少信仰，人的异化也到了非常严重的程度。人类似乎永远在回答这样一个问题，那就是我们从哪里来？还要到哪里去？一句话，作家和诗人，只有关注人类的命运，才能写出真正意义上的具有人类意识的作品。

另外我想讲到的是，我们应该为"世界文学"这个大的概念做出自己的贡献。如果我没有记错的话，"世界文学"这个概念，最早是由德国伟大的思想家、作家、诗人歌德提出来的。历史已经证明，人类的文化，当然包括文学，从来就不是在孤立和封闭中发展的。我们不可想象，在中国文学史上如果没有《诗经》《楚辞》和唐宋诗词，中国文学史还会像今天这样辉煌吗？我们不可想象，在韩国文学史上如果没有诗人李奎报的杰作《东明王篇》，世界文学能像今天这样丰富多彩吗？我们同样不可想象，如果希腊文学史上没有《伊利亚特》和《奥德赛》这样宏大的史诗，它还会得到世界广大读者的长久尊崇吗？回答只有一个，那就是这些伟大作家、诗人和他们的伟大作品，已经不折不扣地成为了全人类所共有的文化财富。

特别是在东西方文化的交流史上，老庄思想、古希腊和古罗马哲学、佛经、《圣经》以及《古兰经》等等，都对人类精神思想产生了重大的影响。由此，我们在谈到俄罗斯文学时，不能不谈到伟大的天才诗人普希金；我们在谈到中国文学时，不能不谈到中国新文化的旗手、现实主义的小说巨匠鲁迅；我们在谈到美国文学时，不能不谈到20世纪最杰出的乡土小说家威廉·福克纳；我们在谈到韩国文学时，不能不谈到崔致远那些充满了灵性的诗歌；我们在谈到拉丁美洲文学时，不能不谈到加西亚·马尔克斯；同样我们在谈到非洲文学时，不能不谈到尼日利亚杰出的黑人作家阿契贝。我想由于翻译家们的卓越贡献，超越国界的各民族文学，已经越过了文字的局限，成为了歌德所倡导的那种真正意义上的"世界文学"。

尊敬的各位朋友，我还要说的是，因为这种超越国界的各民族文学的共同性，再一次肯定了一个事实，这就是作家的责任之心和使命感。无可讳言，我们所强调的文学共性，从来就是包含在各民族的文学个性之中的。我们只有成为一个民族和时代的见证人，才能真正担当起这个民族和时代精神的诠释者。最后，请允许我借用1992年度诺贝尔文学奖获得者、圣卢西亚诗人德瑞克·沃尔科特的一句话来结束我的讲话："要么我谁也不是，要么我就是一个民族。"

在汉城"热爱自然文学之家"的演讲

2002年6月12日

山地族群的生存记忆
与被拯救中的边缘影像

我一直有这样一个看法，或许这个看法在有的人看来并不成立，但我至今却仍然坚持我的这种看法，那就是人类的文明有两大系统，简单地说就是海洋文明和山地文明。当然，在这里我说的是两大最主要的文明系统，不可否认，在人类的文明传承中，经过数千年历史的变化，我们人类在今天，还能看见这样一个现象并未改变。海洋文明的传承，伴随着人类的探险、贸易、迁徙、掠夺、殖民等活动，致使这一文明的影响日益扩大。特别是在近500年来，由于人类航海技术的不断提升，海洋文明的传播，就其传播速度和覆盖面而言，毫无疑问大大地超过了其他的文明。

我要告诉大家的是，我在这里说的海洋文明，完全是相对于山地文明而言的，我没有用诸如西方文明、印度文明、阿拉伯文明、中国文明等等这样一些概念。同样在此，我无意去研究和探讨，在海洋文明的传播过程中，甚至不止一次出现过的，这两种文明之间所形成的冲突，更为严重的是，这一冲突曾导致一些古老的文明开始衰落和消亡，无可讳言，拉丁美洲和非洲等地域古老文明所遭遇过的危险，并最终酿成悲剧形成的原因，就来自于这种冲突。难怪在纪念哥伦布发现美洲大陆500年的时候，美洲土著人民（包括美洲后来形成的混血人种），他们的态度就与纪念活动的主办者们截然不同，他们发出的是几百年来被压抑的抗议的声音。

在此，我需要声明，我不是在这里来赘述，这一冲突产生的背景和过程，而是想要说明，海洋文明作为一个庞大的文明体系，无论你对它进行何种的评价，它都是一个我们必须面对的现实存在。需要再声明的是，我在这里所指的海洋文明，是从广义的角度来看的，是指这一文明的产生和传播，都与海洋密切相关，更确切地说，这是自始至终相对于山地文明来谈的。否则，会发生传统意义上对世界现存几大文明的误读。只有这样，我们才会从另一极，来为古老而伟大的山地文明定位。我讲以上这些，只有一个目的，那就是要为我阐释清楚山地文明的重要性，做一个必不可少的铺垫，仅此而已。

可能大家都已经注意到了，我今天发言用的题目，就是此次论坛的主题："山地族群的生存记忆与被拯救中的边缘影像"。其实这并非是我的冒昧自大，我更不愿意给大家造成这样的印象，我在给这样一个论坛主题作结论性的总结，其实我的这一席话与在座的各位一样，仅仅是一家之言。因为我知道，围绕着这样一个主题，每一个人的发言都会从不同的角度，表达出自己独有的观点，而这些鲜明的思想，都将成为我们这次论坛，最具有建设性的贡献，也正因为大家的共同参与，这样一个各抒己见的对话，才富有更加积极的意义。

现在我必须把谈话的内容，拉回到"山地文明"这样一个中心。不知道，大家注意到这样一个现象没有？近一两百年来的社会变革和经济发展，在全世界范围内，经济和社会发育程度最高的地方，似乎都在不同国家的沿海地带，或者说许多国家经济最繁荣的区域，大都在海岸线的附近。而恰恰相反，许多国家较为封闭、落后和贫困的区域，大多集中在高原和山地，这些地方往往交通不便，有的甚至置身于大陆腹地的最深处。无论从今天社会学和人类学的角度来观察，"山地文明"所保持着的原生态性，以及这种古老文明所具有的文化特质，其珍贵程度，对于当下人类来说都是无法估量的，它的价值随着人类对自身的深度认识，必将显现出来。

任何事物，永远有着它的两面性，由于"山地文明"这样一种特殊的处境，千百年来生活在高原和山地的不同族群，他们才有幸和不幸地延续着自己古老的历史，他们独特的宇宙观、价值观、生活方式才在历史的选择中得以幸存。说他们有幸，那是因为这种文化延续，一直没有被外来的力量完全中断，他们已经成为了这个世界多元文化的重要组成部分；说他们不幸，那是因为，他们那不可被替代的哲学思想、思维习惯、文化传统等等，正在被力量完全不对称的、外来的强势文化所包围和消解。

但始终令人欣慰的是，直到今天，虽然面临种种的威胁和危险，许多族群仍顽强地坚守着自己的文化传统，保留着自己的语言和文字，毫无疑问，这些濒临灭亡的语言文字，在当今仍然是记录这些族群生存记忆的工具。正因为这些古老的文化还被传承着，它就像一种声音，虽然依稀弱小，它却在人类进入 21 世纪的时候，再一次唤醒了人类已经沉睡的良知。特别是在今天还在不断加速的全球化时代，理性权力的滥用肆无忌惮，尤其是新自由主义重商文化，对全球弱势族群的冲击，已经到了最严重的地步，所造成的灾难性后果，已经摆在了我们面前。

据说，在今天，一些弱势族群的语言文字的消亡，其速度之快令人震惊。当然，就是在这样一个危机四伏的时候，我们才越发感觉到，要保护好不同民族的文化传统，这个世界留给我们的时间已经不多。"山地文明"中留存的"基因"和"密码"，或许现在已经成了我们人类必须进行抢救的最后的"记忆库"，这绝不是我在危言耸听。

我不能在这里推断，如果今天的人类，失去了对过去的记忆，人类还能真正地认识自己？这种集体的失忆，是无论如何不敢去想象的。在今天，用影像记录的方式，当然这仅仅是一种方式，来拯救和记录我们的"山地文明"，已经被大家所共识，这一共识在不同的国家和组织，其实已经变成了广泛的行动。最为可贵的是，有不少形形色色，数十万的计纪录片机构，当然也包括那些纪录片独立制作人，在这一领域，做出的贡献是极为非凡的。我们应该向他们表示敬意。他们的不凡之举和敬业精神，是人类能够相信自己，并能够把自己的昨天、今天和明天联系在一起的关键所在。

尽管是这样，但今天我们还是要继续呼吁和倡导，对山地族群的生存状况，再进行全方位的、准确的、真实的记录。我想这些被记录下来得以被拯救的影像，除了其具有重要的史料意义外，它还会让人类在认识自己昨天的同时，真正理性地找到通往明天的道路。这条道路将更合乎人的全面发展，更具有人道的精神，更兼顾公平和正义。如果没有人类的历史，就一定不会有人类的未来，我以为，这就是我们要举办山地纪录片节，最重要的也是最直接的原因，这也是影像记录"山地文明"的价值所在。

在"2014中国（青海）世界山地纪录片节高峰论坛"上的演讲
2014年8月10日

探寻中华之源 传承昆仑文化

2014年9月24日,国家主席习近平出席"纪念孔子诞辰2565周年国际学术研讨会暨国际儒学联合会第五届会员大会"开幕式并发表重要讲话,讲话中指出:"不忘历史才能开辟未来,善于继承才能善于创新。只有坚持从历史走向未来,从延续民族文化血脉中开拓前进,我们才能做好今天的事业。""对传统文化中适合于调理社会关系和鼓励人们向上向善的内容,我们要结合时代条件加以继承和发扬,赋予其新的涵义。"文化复兴的核心需要从已知的文化原点透视传统文化的精神价值。中国传统文化是中华民族凝聚力的思想源泉,是实现民族复兴的精神基础。神话是每个民族精神最集中、最本色的体现,是每个民族最悠久、最古老、最坚韧的文化生命之根。

一

中华民族的复兴首先是文化和文明的复兴,中国梦实现的根基是中华文化的复兴,中国的复兴是有根的复兴,有文明之根、历史之根、文化之根。实现文化的自觉、自信、自强则需要我们对中华文化的再认识与再继承、再弘扬。神话是民族文化的源头,是一个国家民族文学的根源,是一个民族的灵魂之乡,是国人精神的家园。神话作为人类社会童年时期的产物,生动形象地保存了先民的宇宙观、世界观、人生观、生命态度以及它们的形成过程,我们能够从中真切地领会神话的原始意义,对我们祖先的物质世界和精神世界给予更深刻的理解。

中国有昆仑神话、蓬莱神话和楚辞神话中国古典三大神话系统,其中昆仑神话是我国古典神话中内容最丰富、保存最完整、影响最深远的神话体系。昆仑神话代表着中国早期文明的曙光之一，同时也是贯穿中华民族上下5000年的文化动脉之一，又是中国作为世界文明古国的重要象征。上古神人盘古、女娲、伏羲等都出自昆仑；中国著名女神西王母也生活在昆仑之丘。在《山海经》里，第一次出现了西王母和昆仑山的记载，第一次出现了黄帝战蚩尤、升驾于昆仑之宫的传说，第一次出现了大禹治水、导河积石的优美故事。在随后出现的先秦古籍《淮南子》《穆天子传》里，以昆仑山为地域载体的神话传说更加具体和系统。昆仑文化其内核是昆仑神话，其重要物化标志为昆仑山。昆仑山被称为"龙祖之脉""亚洲脊梁"，它不仅仅是一种自然高度，而且是东方精神文化的坐标，世界文化的制高点。昆仑神话与希腊神话并驾齐驱，闻名于世，分别被称为具有创世纪录意义的东西方文明的源头主体文化。

中华文明的形成发展、中国文化的繁荣光大，均与昆仑神话有直接的关联。昆仑神话孕育了中华民族原始的哲学观念，是人类处于童年时期的观念和愿望。她是华夏文明之源，是中华民族的创世记录。其中昆仑山与西王母的神话传说最具远古文化意蕴和浪漫神秘色彩。古代文献《禹贡》《山海经》《穆天子传》《楚辞》《淮南子》等中均有记载。昆仑神话不仅仅是神话传说，更是天文学、政治学、军事学、哲学、神学、道学、儒学在历史文化中的特殊反映。昆仑神话对中国传统古典文学和园林建筑也深有影响，为其提供了大量的素材，为历代文人所津津乐道。据日本京都大学教授平冈武夫统计，《全唐诗》中内容涉及西王母、昆仑山、羌笛的诗竟达120余处。中国古典名著《西游记》《封神演义》和金庸的《天龙八部》等多部通俗小说中也都曾提到神秘高远的昆仑山。女娲、西王母、盘古、伏羲、炎帝、黄帝等相关故事传说，在许多民族中家喻户晓，大量活态传承。

"赫赫我祖，来自昆仑"，昆仑山在中华民族的文化史上具有"万山之祖"的显赫地位，国人称昆仑山为中华"龙祖之脉"。昆仑山庄严、雄伟、壮美，被称为"帝之下都""百神之所在"，其文化底蕴深厚，可以与"百神聚居"的希腊奥林匹斯山相媲美。

二

对于任何民族来说，神话都不是无聊时光的消遣话题，先民们依托历史记忆和幻象记忆而再现或者创造了神灵的事迹，并且在自然和人生的关键时刻从神话中汲取力量。神话讲述的并不仅仅是关于神的故事，它讲述的是人与神的关系，讲述的是人与自然在精神上的不可分离性。对神话的深度理解有利于我们把握历史各民族文化精神的渊源关系及演化轨迹，而对于现存民族文化精神的深刻解读又助于我们全面理解神话的核心价值。昆仑神话中不仅有对整个自然规律的孜孜探索，也有对所在社会规律的不懈探究。有的传递了人类与自然和谐共存的愿望，有的表达了崇尚自然和万物有灵的思想，有的寄托了有效抵御自然灾害的希望，有的讲述了智勇超群的英雄故事，有的歌颂了人类族群之间的友谊关爱，有的赞美了人类神奇的生活创造力和艺术想象力。

昆仑神话反映了中华民族博大坚忍、自强不息、富于创造的精神力量，其蕴涵的民族精神在历史发展和民族迁徙中不断发生衍化。例如，夸父逐日以追求真理之光、嫦娥奔月以探寻生命如何永恒的奥秘、伏羲始作八卦揭示自然规律。昆仑神话中有如盘古开天、女娲补天、鲧盗息壤等为人类而牺牲自我的神话故事。众多神话英雄不惜牺牲自我的"神格"魅力，深深影响了历代中华儿女的"人格"，为此众多志士仁人前仆后继，为了天下苍生福祉而英勇献身。

昆仑神话中蕴涵着自强不息的进取精神。如后羿不畏艰险，翻越近百座高山，穿越近百条峡谷河流射杀九日。精卫填海不息，刑天被割首仍然"以乳代目，以脐为口，操干戚以舞"等神话故事无不蕴涵着中华民族敢于抗争、永不屈服、昂扬向上、追求进步的豪情壮志和精神风貌。昆仑神话丰富的人文内涵和悲悯情怀，对于现代人类社会和人类生活，无不有着重要的启示。昆仑神话中共工怒触不周山，使天地为之倾斜，形成昼夜轮替和百川归海等故事，蕴涵着生命初始的亢奋状态和野性力量，凸显出中华民族先民抗争、刚烈、顽强、坚韧，及不屈服于命运的斗争精神。

以上昆仑神话故事，永远是中华民族的精神源泉。它表现出与厄运和困难、与自然灾害进行顽强斗争的伟大精神和磅礴气势，为了替广大民众清除灾害，自觉担负责任、永不停息、奉献自身的高尚品质，包含着东方式的牺牲精神、自由意志和人性之美。这些是中华文化复兴的源泉之一，是时代精神传承与发展的重要精神基因库。

三

昆仑文化是以神话传说为内容，以人类起源为特点的文化记忆，也是中华民族永远的精神家园。昆仑文化在长期的历史发展过程中不断吸纳、融汇了众多民族和地域的文化，发展演变成了中华民族的一种根脉象征、文化符号和精神坐标。在中国目前的民族构成中，至少有包括汉族在内的三分之一以上的民族，与曾经生息在青海地区的古羌族群有着直接的渊源关系，他们的原始神话传说和文化传承脱离不了昆仑文化这一母题。藏族、羌族、彝族、景颇族、普米族、土族的历史传说、神话故事中都有与昆仑文化相关的神话元素。昆仑文化还对亚洲多民族民间信仰产生了深远的影响，如西王母不仅是中国人心目中最受尊敬的东方女神，而且也受到日本、东南亚以及中亚等许多地区人民的崇拜，成为一种世界性的文化现象。从上世纪80年代末，来昆仑山朝觐、观光寻祖的旅游者络绎不绝，尤其是新加坡、韩国、日本和中国台湾、香港等地的道教信徒不远千山万水，不顾旅途艰辛，走进他们日夜向往的昆仑山，走进西王母瑶池顶礼膜拜、寻根拜祖、祈求安康，以了却终身夙愿。2000年8月以来青海、甘肃等地多次举行海峡两岸昆仑文化考察活动和学术研讨会。在中国台湾地区，以慈惠堂、胜安宫为代表，岛内主祀西王母的庙宇已达数千家，信众已达百万余人。青海省格尔木市、甘肃省泾川县从1992年以来，接待台湾信众数10万多人次。如2008年9月18日台湾桃园县20名台胞，在湟中县扎麻隆凤凰山旅游景区，为当地捐赠一尊重达1800公斤、价值50余万元人民币的香炉，表达台湾同胞对昆仑文化的探求与崇尚。2013年8月24日（农历七月十八日）上午11时，甘肃泾川举行公祭"华夏母亲·西王母"大典，台湾中国国民党荣誉主席吴伯雄发来贺信，并题词"西王母乃华夏之尊母"。因此，昆仑文化成为当下和今后凝聚全球华人中华民族大认同的象征，成为连接多民族多地区最牢固的精神纽带之一。

四

当前全球化带来了时间和空间上的巨大变化，每个民族都感到前所未有的紧密感与紧张感。全球化时代的困惑与挑战，价值的多元与共生，需要民族精神家园的复兴与重构，从而为民族的发展找到安身立命的精神支柱，保存民族发展的活力。整个世界从未像21世纪这样充满着对传统文化的自觉与迷恋。无论东方还是西方，无论文明古国还是现代发达国家，所有民族都在从文化的深层积淀中铸造打开未来之门的钥匙，构建通向未来的话语体系。于是，古希腊、古罗马文明被重新挖掘，古埃及文明被重新解释，古印度文明被重新认识，延续至今的中国文明当然被推到了历史的前沿。

昆仑文化的生成、演变和发展始终与青海这块古老厚积的土地相系、相通和相融。青海不仅是昆仑山的故乡，更是昆仑神话的重要成长和传播地。无论从现代地理学的视角去考证，还是从文化渊源的联系来解读，昆仑神话的生成与演变始终脱离不了青海这块古老的土地。"共工怒触不周山""女娲炼石补天""西王母瑶池""大禹治水"等神话传说，都能在青海省找到地理的印记和历史的回音。因为在这片上苍造化的高原上，在长江源头、昆仑山下，3万年前就有人类生息繁衍，这足以成为学者们论证昆仑神话的一个力证。翦伯赞在《先秦史》中指出，"在野蛮时代之初，分布于甘肃、青海一带的诸羌之族，亦开始新的迁徙。一部分沿南山北麓之天然走廊，西徙新疆，与原住塔里木盆地的诸氏族发生接触。中国传说中，许多神话人物皆与昆仑山有关，或与西王母有往来，正是暗示这一历史内容"。顾颉刚先生所撰写的《从古籍中探索我国的西部民族——羌族》一文提出："中华民族的人文的始祖炎黄首先是羌人的祖先，然后才是华夏族的祖先"，"不仅以炎帝为宗神的古代羌人生活在今青海祁连山南北河湟之地，而且青、甘、陕、川一带，主要是炎黄部落联盟活动，成为华夏民族的发祥地"等论。赵宗福先生的《论昆仑神话与昆仑文化》等系列论文，认为"河源"就是昆仑山地理所在的标志。从我国古籍中"河出昆仑"的反复记载和历代对河源昆仑的寻求，表明国人千百年来有一个共识，就是昆仑山在黄河源头地域，也就是今天的以三江源为中心的青海高原地区。根据《山海经》《穆天子传》和王充《论衡》中记载以及藏族关于青海湖起源的传说，昆仑神话中的西王母国和西王母也就在以青海湖为中心的青海高原地区。从远古到今天，在这片土地上，昆仑神话不仅仅是一些传奇的故事，它还包含着历史和人类生活的沧桑，包含着深切的人性关怀，更体现着敬重万物、人与自然和谐共存的理念。这一文化的精神至今仍是高原人生存与发展中不可分割的一部分，它讲述着先民们的故事，启示着现代生活的意义。

"昆仑"既可象征为青海地域性概念，也可象征为一种文化符号。昆仑文化虽最早发祥于青海，但其作为一种中华民族根母文化的象征符号辐射地域宽广,不断延伸到新疆、甘肃乃至东亚、西亚。以致出现"昆仑文化域外别有""海外亦有昆仑""昆仑到处皆有"这种独特现象。昆仑文化资源丰富,除了广为流传的昆仑神话之外,还有许多神奇的故事,或根植昆仑,或枝发昆仑,或源出昆仑,或皈依昆仑。人们仰望昆仑,神往昆仑,诠释昆仑。由于昆仑文化深远的影响力和包容性,具有不可估量的无形价值,因此作为一种可利用的文化资源,受到不同地域的抢注。许多地方政府和学界动用各种社会资源,求助于昆仑文化,依据历史文献、民间传说、文物遗迹,进行文化定位,修建祭拜之所,召开国际会议,提升文化软实力。与此同时,一些企业则以"昆仑"为注册商标,提高企业品牌,扩大影响,昆仑文化通过多种载体得到了表达。

五

一种区域性的、民族性的传统文化,本身并不具有世界性,只有通过内部传承和提升,然后进入对外交流和传播渠道,在多元文化的碰撞、共鸣和相互吸引中获得普遍价值。文化传承与延续性特点决定文化具有生命力，只有将历史与当代有效对接，文化定位才有意义。新世纪以来，昆仑文化逐渐成为代表青海特色文化的一张名片。特别是2011年11月，青海省文化改革发展大会胜利召开，青海省委省政府从世界历史语境和实现未来中国梦的视野中审视青海历史文化和现实文化，提出了"以昆仑文化为主体的多元一体文化格局"青海文化定位，认为青海是"中华民族文明的发祥地之一""中华民族文化的交融地之一""中华民族精神的展现地之一"，将一直处于文化边缘位置的青海提升到中华文明发祥、形成和发展的历史与现实重心的高度。

青海在昆仑文化建设方面卓有成效。2008年，经青海省委省政府主要领导的策划和努力，昆仑玉成为北京第29届国际奥林匹克运动会奖牌用玉，并且借助奥运会这个国际上最大的体育赛事，昆仑玉很快扬名中外，成为昆仑文化的一张名片。2009年起，湟源县连续举办的"昆仑文化周"和"西王母祭拜大典"活动，以"念祖思亲、传孝敬母"为主题宣传了昆仑文化，格尔木从2012年开始启动昆仑山敬拜大典，这些活动邀请海内外著名专家学者以及海峡两岸道教界负责人参加祭典，形成了一定的品牌效应。凸显了昆仑文化，赢得全社会的参与和认同。2013年5月27日，青海省文化建设"八大工程"的重点项目之一,格尔木昆仑玉文化产业园项目在格尔木新区开工建设。2014年9月24日,在加拿大圣约翰市举行的联合国教科文组织第六届国际地质公园大会上,青海格尔木昆仑山国家地质公园被批准为世界地质公园。

在昆仑文化品牌的认知、宣传、打造等各个环节上,一些民间学术团体和专家学者发挥了重要的学术支撑作用,推出了一批较有影响的成果,出版发表了一批著作论文。自2010年开始,青海省委宣传部和中国民俗学会、青海省社会科学院、青海省民俗学会等官方研究机构和民间学术团体联合举办了五届与昆仑文化相关的国际会议,先后有来自中国、德国、美国、瑞士、日本、韩国、马来西亚、俄罗斯、印度和中国台湾、香港等近30个国家和地区的350多人次的著名学者出席论坛,共同研讨昆仑文化与地域文化、中华文化、世界文化的关系。不同国家与民族、不同学科、不同观点的学者在青海学术碰撞与沟通,唤起了海内外学者对文化根源的认同,不断增强了民族的文化凝聚力和向心力,延续和传承中华民族博大坚忍、自强不息、富于创造的精神力量。中国民俗学会在湟源县设立了"中国西王母文化研究基地",在格尔木市设立了"中国昆仑文化研究基地",为昆仑文化研究创建了学术研究平台。

青海文学艺术创作在昆仑文化传播过程中也发挥了独特的作用,青海打造的诸多文艺精品提高了昆仑文化的软实力。2009年2月,青海打造的一部音画诗史《秘境青海》,在北京保利剧院首演,用现代精神和国际视听语言重新诠释远古昆仑神话,以深沉的思想、博大的情怀和穿越时空的呼唤,赞美辉煌灿烂的东方文明,歌颂高贵自由的民族精神,探索光明圣洁的生命价值。2010年8月16日,《圣殿般的雪山——献给东方最伟大的山脉昆仑山交响音乐会》在海拔4300米的昆仑山口玉珠峰脚下演奏,成为"最高海拔交响音乐"吉尼斯世界纪录。省内外文学艺术界的朋友在昆仑山玉珠峰下成功举办了"圣殿般的雪山——献给东方最伟大的山脉昆仑山交响音乐会",这场交响音乐会成为世界音乐史和中国文化史上的一个创举。有关部门还与中央电视台等媒体合作,推出了一批优秀节目,如中央台四频道《走遍中国》播出的《昆仑神话断想》等节目,宣传了昆仑文化,提高了昆仑文化在国内外的知名度。

昆仑文化是与中华民族文化同源共流的自源文化,年代久远,自成体系,博大精深,是构成中华民族文化的基干文化。她是中华民族先祖智慧的结晶,昆仑文化与中华文明的形成、发展和繁荣密切相关，我们相信，昆仑文化在当代的深度挖掘和重构将不断增强民族的文化凝聚力和向心力，延续和传承中华民族博大坚忍、自强不息、富于创造的精神力量，为中华民族伟大复兴提供不竭的文化动力源。

在"昆仑文化与丝绸之路
经济带国际学术论坛"开幕式上的演讲
2014 年 8 月 10 日

诗人的公众角色
与诗歌在当下现实中的作用

诗歌一直存在于人类漫长的精神生活中

我认为,诗歌无疑是人类最古老的一种艺术形式,从某种意义而言,诗歌又是一种最年轻的艺术。我想对此在座的各位都会有共识。无论在艺术形式上发生过怎样的变化,但诗歌就其本质来讲,尤其诗歌在审美和抒情的稳定性方面,却从未有过更大的改变。这种稳定性,其实指的就是诗歌内在的精神实质,如果我们在概念上不会发生混淆的话，因为外在的形式一直在变化中。在所有的文学形式中，原始民族最先找到的就是诗歌的形式，可以说无一例外。无论是对中国文学史，还是对世界文学史的阅读，都会得出这样的结论。与别的文学形式相比较，诗歌是一种更直接地发自人类天性、更能表达人类的心灵渴望的形式。正因为诗歌所具备的这些特征，它从诞生之日起，就一直存在于人类漫长的精神生活中，并且被一代又一代的诗人传承创新，我不敢妄加断言，在这个世界上已经有多少文学和艺术的形式，已经停止了传承，甚至已经完全死亡，但我敢肯定诗歌这种文学形式，绝不会死亡。当然需要说明的是，我在这里指的是诗歌的本质特征，指的是诗歌与人类心灵需求的关系，而不是诗歌的外在形式的变化。比如，从中国诗歌史的发展来看，就能一眼看到这种外在形式上的变化，从《诗经》开始，屈原的《离骚》、汉诗、乐府、唐诗、宋词、元曲、广义上的旧体诗以及直到今天的新诗。西方的诗歌在外在形式上的变化，同样也经历了一个在艺术上的变化过程，从歌谣开始的古代诗歌、中古时期的诗歌、文艺复兴时期的诗歌、古典主义时期的诗歌、启蒙主义时期的诗歌、浪漫主义时期的诗歌、现实主义的诗歌、唯美主义的诗歌、象征主义的诗歌、20世纪的现代主义诗歌等等，在不同的诗歌发展阶段，诗歌在艺术形式上的变化，也是多种多样的。毫无疑问，因为人类心灵情感的天性所决定的需求，只要有人类的精神生活存在，在更本质意义上被我们称为"诗"的东西就不会离我们而去，而不同时代的诗人，对语言的创造性地运用和形式上的创新，也才不会离开我们称之为"诗"的最原初的那种发自人类天性的渴望和需求。我说以上这些，只是想讲清楚一个问题，诗歌作为一种始终与人类心灵生死相伴的生命存在和表达方式，永远不会失去它特有的永恒的魅力，除非人类已经不再存在。

诗歌从诞生之日起，它就是一种原始的艺术思维方式，人类通过诗歌的语言与万物进行沟通，特别是与神灵世界进行沟通。诗歌的语言，在许多古代原始民族中，都认为它具有魔法一般的力量，他们都通过诗歌语言的神秘作用，去影响和打通与神灵世界的联系，因为万物有灵，是所有原始民族认识外部世界的哲学基础。比如，我们彝族历史上的《祭祀经》《送魂经》《招魂经》等等，其实就是这样一种类型的诗歌。埃及的《亡灵书》、印度的《吠陀》，可以说就是人类在这方面诗歌中最早的经典，那些歌谣、祷文、咒语和颂歌，无一不是人类的精神主体与万物有灵的客体世界的诗意写照。在人类的原始宗教中，口诵诗歌发挥的作用是任何一种别的艺术行为方式都不可能代替的。这种诗性的神秘的语言，毫无疑问，已经成为了人超越自我，并与万物和神灵世界进行交流的最有效的工具。往往在这样的时候，原始民族中的诗人和祭司的身份都会统一在一个人的身上。在我们彝族中，就有宗教、历法、天文、文字的传承者毕摩，他们不仅在古代宗教生活中起到了这样的作用，就是在近现代彝族聚居区的现实生活中，他们的角色仍然没有发生根本的改变。大家知道，我现在在青藏高原工作，一直关注藏族《格萨尔》史诗的传承、保护和整理。《格萨尔》作为人类有史以来最长的一部史诗，这一结论我想今天不会有任何人提出异议，《格萨尔》史诗已经被联合国教科文组织认定为世界上最长的一部活态史诗，并已正式列入了世界文化遗产名录。在这里，我想着重举例介绍《格萨尔》史诗，是因为《格萨尔》史诗的传承艺人实际上就是人与神的载体和介质，作为学术研究，《格萨尔》艺人为什么会有超常的技能，这都有待于我们进行深入的研究，特别是那些所谓的"神授艺人"，他们又是如何得到了神灵的启示，而滔滔不绝、口若悬河地讲述上百部的故事，他们所具备的记忆能力，已经完全超出了人类记忆的极限，我们不可能不对这种现象感到震惊，这其中有一个现象是值得我们关注的，无论是"神授艺人""撰写艺人"（这些艺人只会写不会讲，据说写之前头脑是一片空白，写完后头脑又会变成一片空白，但只要把笔放在纸上，就会一直不停地写出一部完整的《格萨尔》故事，但不可思议的是，当他写完后，如再要去复述他刚写的内容，他会告诉你，已经完全遗忘。）"圆光艺人"等等，他们在讲述之前，都会举行一种与神灵沟通的仪式，祈求神灵给他们说唱史诗的灵气和力量。尽管我是一个百分之百的唯物主义者，但我对这暂时还不可解释的超人智慧和惊人记忆能力，还是充满着一种敬畏。当然，这从另一个方面为我证实了一个问题，诗歌不仅仅在原始人类的生活中，就是在21世纪的今天，它依然在一些相信万物有灵的民族传统和意识里，发挥着通灵的载体和工具的作用。

说到诗歌的"通灵"，我想到了一位诗人，毫无争议，他是20世纪西班牙语言中最伟大的诗人之一，或者说他也是20世纪包括了任何语种中，最伟大的诗人之一，这个人就是西班牙诗人加西亚·洛尔加。他认为，通过有灵性的媒介来传达诗的信息，最能发挥"杜恩德"的作用。在西班牙语中，所谓"杜恩德"的意思就是"神奇的魔力"。有意思的是，我们去查英语中的"魔力"、法语中的"魔力",其词源均出自拉丁文即"吟唱咒语",而俄语中"魔力"的词根就是"巫术"之意。这可见诗人加西亚·洛尔加对诗歌中魔力的重视,据说他曾多次在演讲中涉及这个内容。我以为,加西亚·洛尔加是20世纪以来很少几位意识到"灵性"和"魔力"在现代诗歌创作中具有重要作用的诗人,他给我们的这一启示,实际上是让我们能够在诗歌中更关注诗歌的语言和音律的作用,更关注诗歌里声音的作用。加西亚·洛尔加的诗集《吉卜赛谣曲》,是我读到过的20世纪最伟大的诗歌之一,尤其是他1935年写的长诗《伊涅修·桑切斯·梅希亚斯的挽歌》,更是我最倾心的经典诗篇。被1982诺贝尔文学奖获得者加西亚·马尔克斯称为"伟大的、最伟大的诗人巴勃罗·聂鲁达",也曾在他的诗文中,多次赞赏加西亚·洛尔加的非凡才华,如果不是我的感觉有问题的话,在20世纪巴勃罗·聂鲁达的同辈诗人之中,他最看重最欣赏的就是加西亚·洛尔加。毫无疑问,这是一个天才诗人向另一个天才诗人表达的最由衷的敬意。

我在多次的演讲中,不止一次地说到诗歌是一种不朽的心灵形式,我这样讲,不是因为我只认同诗歌这样一种文学形式,而是因为诗歌从古到今,无时不在地都在抚慰着人类的心灵，诗歌每时每刻都在给人类的灵魂注入善和美的意蕴，诗歌其实在理性和非理性之间是一个巨大的象征，它还是人类主观世界与客观外部世界之间架起来的一座桥梁，在穿越时间和历史的河流上，诗歌就如同一艘航船上被风吹动着的白帆，它给船员的不仅仅是勇气和希望，而更可贵的是超出了现实的无穷的想象。对人类而言，只有诗歌，才是一种不朽的心灵形式，而这里所指的"诗歌"，毫无疑问，集中体现的就是人类精神生活中的不朽价值。

诗人在社会生活中的双重角色或多重角色

诗人在社会中是什么一个角色，严格地说，不是一个新的话题，我想无论是在古代社会，还是在现代社会，诗人都会有一个角色的选择问题，或者说，是社会或者公众对他的角色的一种定位。在原始社会时期，也可以说在漫长的古代社会时期，根据我的阅读经验，那个时候的诗人，其身份应该都是和部落酋长或者说祭司的身份统一在一起的。"诗人"就是"祭司"，而掌管最高宗教仪式的"酋长"，从某种意义而言也是"诗人"，他们都是在用神秘的语言连接着人与神灵世界的通道,在原始人类的集体无意识中,具有双重身份的"祭司"和"诗人",他们的地位都是显赫崇高的。无论是在东方,还是在西方,当原始社会解体后,奴隶社会开始建立之时,诗人个体的名字才开始逐步地出现。我们知道的埃及的《亡灵书》、印度的《吠陀》、古巴比伦的《吉尔伽美什》、甚至包括古希伯来的《旧约》,也都是无名氏的作品,有些对此感兴趣的学者进行过考证,但也无法真正确定它们的作者是谁。只有到了公元前9世纪至前8世纪的史诗时代,相传才有希腊盲诗人荷马的《伊利亚特》和《奥德赛》传世,在中国公元前4世纪至前3世纪,伟大的诗篇《楚辞》才被标有屈原的名字而闻名于世。从严格的意义来说,无论是在中国,还是在西方,诗人的公众角色都不是单一的。我曾经想过,诗人这样一个称谓,为什么和别的称谓不一样呢?特别是在中国语言中,据说在不少的外国语言中,也有这样的情况,那就是对诗人的命名,直接和人的属性联系在了一起。写作的人很多,作家、记者等等,但只有诗人才被命名为"写诗之人",这一点很有意思。我们翻看中国和外国文学史,除了在古希腊时期王宫里设有宫廷诗人一职,比如诗人阿那克里翁、伊比科斯、西摩尼得斯、巴克基利德斯、品达罗斯等等，都是当时著名的宫廷诗人，但更多的诗人，诸如梭伦、泰奥格尼斯等，却大多是执政者和世袭贵族，只有在那样一个时期，诗人的身份才被定位为仅仅是"赞颂者"和"诗人"，而在此后的漫长历史中，特别是就近现代社会而言，其实很少有我们认为的现代意义上的所谓"专业"的诗人。许多诗人的"诗人角色"和他的别的社会角色，其实也是在不断地转化着的。李白是这样，杜甫是这样，苏东坡是这样，他们都或长或短地担任过朝廷的命官，这样的例子太多。德国诗人歌德，俄罗斯诗人普希金，奥地利诗人里尔克等等，他们除了诗人的身份之外，也还承担过别的社会角色。当然像歌德那样最后成为宫廷诗人的，在后来的西方社会中也是不多见的。在现在的英国，还保留着对桂冠诗人任命的传统，美国国会图书馆每几年也要任命它的桂冠诗人，这些并不能说明诗人的社会角色只能是一个角色。据我所知，当代最伟大的诗人群体中，很少有人是靠诗歌写作来养活自己的，而绝大部分他们都有着自己的其他职业，有的是教授，有的是医生，有的是新闻记者，有的是出版工作者，特别是在现代社会，社会分工越来越细，"诗人"的身份已经不再是一个职业或者说行业身份的体现，而更像是一种精神文化代表的称谓。但是，在现代社会中，或者时间再往上溯百余年的历史以来，作家、记者却还是一种实实在在的职业，他们其中有不少人就是靠文字养活了自己的，特别是一些通俗文学的作家。但从整体上讲，诗人却不是，如果有，也是微乎其微的特例。在现代的伟大诗人中，许多人的身上都兼有双重的角色，法国现代派大诗人阿拉贡作为一个政治活动家，就很长时间担任过法国共产党的总书记；智利诺贝尔文学奖获得者诗人巴勃罗·聂鲁达，就曾经参加竞选过智利总统，后来又长期担任过驻外大使；塞内加尔大诗人桑戈尔，是塞内加尔开国之父，曾长期担任塞内加尔总统；马提尼克伟大诗人埃梅·塞泽尔，作为政治家也曾长期担任政府要职。我想举例说这些，很重要的一点，我是想说明一个许多人都很关心的问题，就是诗人的社会角色绝不是单一的，特别是在今天的现代社会。就我个人而言，我在现实生活中，就经常遇到这样的问题，国内的一些记者只要采访我，总是要提出这样一个问题，包括一些西方的记者，也曾给我提出过类似的问题，他们总认为诗人的思维和政治人物的思维是不可调和的，在这个问题上，我告诉过他们，不是所有的杰出诗人都能从事政治，同样也不是所有的政治人物都能成为杰出的诗人，但在一部分人身上是可以结合在一起的，这一点没有什么奇怪。

　　诗人在今天，还能发挥它独特的作用吗？我的回答是肯定的。诗人这个群体，包括阅读诗歌的群体，或许在这个以经济为导向的社会中，已经越来越边缘化。有人说，现在是不是写诗的人要比读诗的人还多，我想这个问题能成立的话，那不是诗人的悲哀，而是大众的悲哀和人类的悲哀。诗歌在历史上，如何选择它的受众，就一直徘徊在精英群体和广大的民众之间，这个问题也是从古到今的诗人共同面临的问题。当然，诗歌的写作永远是诗人的一种个体行为，诗人的作品只能是他们面对自己的内心、同时也面对这个世界所发出来的最富有个性的声音。尤其是在当前的这样一个物质主义的时代，人类已经被理性技术和无度地消费，变得越来越失去精神的支撑，可以说，人类心灵的荒漠化程度，超过了历史上的任何一个时期。在我们的身边，我们可以看到真正有信仰的人越来越少，真正注重精神生活的人也越来越少，这个问题不仅仅在中国，就是在世界别的地方，也同样如此。从政府和国家层面来讲，现在我们面临的环境问题、资源问题、社会保障问题、医疗教育问题等等，需要我们要花更大的力气去解决，特别是选择一种与环境更相适应，能更好地永续利用资源，能更注重建设好人的精神生活的发展方式,对我们今天来说,是一个最重要的问题。从不同的社会阶层而言,今天正常的富有建设性的精神生活建设,对我们来说,也还有许多不到位的地方,它需要我们用一种更积极的姿态和行动,去建设真正合乎人的全面发展的精神家园。现代化的速度越快,人被物质不断挤压所剩下的空间或许就越小,这就更需要我们在精神生活的建设方面发挥诗歌的作用,我在前面已经说过,因为诗歌与人类心灵的那样一种特殊关系,要拯救现代人的精神失落,给已经干枯荒凉的心灵洒下纯净的甘露,毫无疑问,诗歌是给迷失在物质世界的人类最好的一种治疗,这种治疗对任何一个渴望美好精神生活的人,都是一种来自灵魂的需求。有人会问我,诗真能发挥这么大的作用吗?我的回答也是肯定的。1990年诺贝尔文学奖获得者墨西哥诗人帕斯就说过这样的话,"所谓的政治科学——这是个错误的提法,因为政治是一门艺术,专家们一般只谈论经济力量和社会阶级,却几乎不涉及人的内心,其实人比经济形态复杂得多,他们会珍惜情意、感受恐惧、隐藏爱憎。而这些,无论以什么形式,恰恰是诗歌真正的主题"。就在海湾战争期间,他在接受记者采访时,还讲过这样的话,"如果让乔治·布什和萨达姆·侯赛因这样的人多读诗歌,世界就会变得更好些"。我想，能不能在每一个人的身上发挥作用，关键是看你能不能从现在开始，就安排时间开始对人类伟大经典诗歌的阅读，我相信，你一定会从这些经典诗歌中，获得极大的精神享受和灵魂的滋养。在这里，我想举几首诗的阅读经验与大家分享。第一首诗是希腊古代诗人西摩尼得斯写的，名字叫《温泉关铭文》，他写的是，公元前480年波斯大军进攻希腊，斯巴达军守卫号称"希腊大门"的温泉关，顽强抵抗敌人，把敌人阻止在关外三天，后因有叛徒出卖，波斯大军绕道迂回其后，斯巴达军守卫者全部战死于此。这首诗只有两行，没有任何一个形容词，每一个字都像巨石一般沉重，这首诗后来被刻成纪念碑置放在当时的战场，让后人永远地缅怀。这首诗只有这样两句话：

过路人，请给斯巴达人捎个口信：
我们长眠于此，遵从了他们的命令。

第二首诗是美国19世纪一位天才女诗人艾米莉·狄金森写的，她和美国伟大的诗人惠特曼是同时代的人，她从25岁就开始过着隐居的生活，写了大量的诗歌作品，据统计有1775首，而这些诗大多是她死后才结集出版的。

她诗的主题主要是爱情、自然、生死和永恒,她被美国许多后来诗人奉为现代诗的先驱。在这里我给大家介绍的是她的一首短诗《我为美而死》,这首诗也只有短短的11行,但它写出了诗人与死神的一种友好谦让,没有任何恐惧的意味,而把人与死亡的关系淋漓尽致地呈现在了我们的面前:

我为美而死——
当我刚适应坟墓时
就有人躺进了邻室——
他为真而死——

他和蔼地问,我为何而死?
我答道:"为了美"——
他说,"我们是兄弟"——

于是,像亲戚,一夜相遇——
我们隔壁低语
直至青苔爬上了我们的嘴唇——
盖住了——我们的名字——

第三首是苏联时期一位著名的作家康斯坦丁·西蒙诺夫写的，其实他并不是以诗人而著名，他的长篇小说《日日夜夜》是苏联文学史上描写第二次世界大战反法西斯战争最著名的叙事文学之一。就是这位并不以诗歌著称的作家，却写下了一首当年传遍了世界，现在仍然被广泛阅读的名篇，这首诗的名字叫《等着我》，他写了诗人的妻子在苦难和煎熬中等待他的情景，整首诗的语言极为朴素，读后催人泪下：

等着我，我会回来，
只要你专心等待，
等着，当黄浊的雨丝
惹起万缕愁思，
等着，当那风卷雪野，
或是暑热难耐，
等着，当别人已忘怀，
不再把亲人等待，
等着，即使毫无音信
来自地角天边。
等着，即使一同等的人
都已等得厌烦。

等着我，我会回来。
不必祝贺他们——
因为他们心中深信
早就应该忘怀。
让亲生儿子和母亲，
相信我已不在，
让我忠诚的朋友们
倦于再等待，
让他们围坐炉边
以苦酒将我吊慰……
等着，不要忙着去
陪他们干杯。

等着我，我会回来
和死神作对。
让没有等我的人去说：
"咦！运道不坏。"
没有等的人怎能明白：
在枪林弹雨间
是你一心一意的等待

救我出灾祸。
只有你我二人知道
我怎能活下来——
只因你不跟别人一样,
你善于等待。

从欣赏阅读这几首诗,我们完全可以相信,诗人在当今这样一个全球化的时代,特别是在人类深陷精神困境的境遇下,诗人和诗歌都会发挥他们不可被替代的重要作用,诗人作为人类精神生活的代言人,同样会在人类精神生活的建设中,用一首又一首美好的诗篇,去慰藉人类干枯绝望的心灵。

诗人的精神传承与人类文明的儿子

没有一个诗人不对前人的诗歌遗产进行继承和学习,作为诗人,纵然具有超常的诗歌禀赋,有着对语言的特殊敏感和驾驭能力,但他也不得不向伟大的诗歌传统学习。因为一方面诗歌的写作作为一门技艺,一个真正的诗人就必须要经过长时间的磨炼和积累,这个积累只有通过阅读来获得,当然还有另一面,就是诗人必须要学会用诗的感知方式，去发现自己隐秘的内心，同时还要去感受这个瞬息万变的客观世界。在这方面例子很多，20世纪杰出的俄语诗人、1987年诺贝尔文学奖获得者约瑟夫·布罗茨基，就把以普希金为主开创的伟大的俄罗斯诗歌传统，作为自己承接和传承的诗歌精神主脉，现在从他大量的回忆文章和谈话录里我们知道，俄罗斯诗歌中的人道主义精神、面对苦难的从容和安详、对所有生命的怜悯以及对死亡会随时来临的平静心态等等，后来都一以贯之地体现在他的全部诗歌创作中。他把阅读俄语经典诗人普希金、莱蒙托夫、布宁、费特、勃洛克、叶赛宁、阿赫玛托娃、帕斯捷尔纳克、茨维塔耶娃等等，作为自己诗歌传承永不枯竭的源泉。当然，作为20世纪俄语诗坛的一位巨匠，对世界别的语系的重要诗人的学习也从未放弃。特别是在流亡美国的后期，他大量阅读了在英语世界和欧洲别的语言世界中代表性诗人的作品，这其中就包括美国诗人庞德和弗罗斯特、英国诗人奥登、希腊诗人卡瓦菲斯、意大利诗人蒙塔莱等等。我认为，在20世纪最杰出的诗人群里，布罗茨基是一位无论在继承其母语的诗歌传统方面，还是在继承世界优秀的诗歌传统方面，都堪称卓越的诗人。他是一位驾驭诗歌语言的高手，也可以说是远远超出他同时代所有俄语诗人的一位大师级人物。他的诗歌所能达到的思想上的纵深度，以及他在诗歌中使用象征和意象的能力，也是别的同时代俄语诗人无法比拟的。有评论家把他称为"有着强大的哲学和神性背景的诗人"，对这样一个评价我认为是中肯的，毫无溢美之意。在他的身上，我们可以看到诗人对诗歌精神的传承是多么的重要。同样，也让我们能得出这样一个结论，就是诗人还必须吸收这个世界上所有的伟大诗歌传统的滋养。布罗茨基还是一位杰出的政论家和散文家，这样的能力也不是许多诗人能具备的，这除了需要具备丰富的学养和知识储备外，还必须具备深厚的哲学和理论基础。在20世纪后半叶，众多的流亡西方的俄语作家诗人中，他是一两位为数不多的能用第二语言——英语进行写作的作家，另一位就是大名鼎鼎的小说家纳博科夫。当然，需要说明的是，布罗茨基用英文写作，大多写的是政论文章和散文随笔，至于诗歌创作，他一生选用的还是被他视为另一个祖国的文字——俄语。

另一位诗人，大家应该说都很熟悉，他就是中国现代伟大的诗人之一——艾青，他曾被智利伟大诗人聂鲁达称为"中国诗坛的泰斗"，我认为这个评价的确名副其实。说到艾青，我们不可能不说到中国新诗的发展史，发端于中国五四运动的新诗，到今年就已经快100年了，在这近100年间，无数的中国诗人，在新诗领域进行了无数艰难而又卓有成效的探索，可以说中国新诗的发展都是与中国人民争取民族自由、人民解放、国家独立的历史进程紧密联系在一起的，而百年新诗的发展史，也在不同的历史阶段上，深深地打上了那个时代的烙印。在中国新诗发展史上，产生过无数重要的诗人和划时代的诗歌名篇，但毫无疑问，诗人艾青是他们中间非常特殊的一位，他特殊在什么地方呢？我认为有三点：第一，他是中国新诗史上写作跨度最长的诗人之一。他生于1910年，是浙江金华人，1996年在北京去世，享年86岁。他是从30年代初期开始写作的，最早的名篇就是大家熟悉的《大堰河，我的保姆》。他的创作时间60余年，可以说见证了中国新诗这100年的一大半，当然，就创作时间而言，在中国新诗史上还有数十位诗人与他有着同样的经历。第二，他是中国新诗史上，特别是在他投身新诗创作的这60多年中，是在每一个时期都有着经典诗篇问世的诗人，除了刚刚提到的上世纪30年代初创作的《大堰河，我的保姆》，全民族参加的抗日战争时期的《雪落在中国的土地》《火把》《向太阳》《号手》《我爱这土地》《手推车》，解放战争时期的《黎明的通知》,50年代建国初期的《海岬上》《黑鳗》《春天》,改革开放后新时期的《光的赞歌》《古罗马斗兽场》等等。在不同的历史时期,经历了无数的欢欣和苦难之后,作为诗人的艾青,在他60多年的创作实践中,能在不同的历史阶段都能写出我们这个时代最具有高度和经典意义的诗歌作品,我以为是别的任何一位有这样经历的诗人都无法比拟的。当然,这仅仅是我个人的看法,不代表任何中国新诗史的编撰者。第三,他是新诗百年历史中,在新诗语言实践方面贡献最大的一位诗人。需要说明的是,我并不认为艾青是一位理论意义上的语言学家,我更不认为,他是在某种理论的指导下,所进行的在语言上的白话实践。中国新诗真正意义上的口语化和散文化写作,并不是从艾青开始的,在此之前郭沫若的《女神》已经树立了榜样。但我想说的是,艾青从他一开始诗歌创作,就以一种清新、质朴、纯净的语言,让诗坛为之耳目一新。究其原因,我以为首先是艾青对中国汉语民间语言和口语有着细腻准确的把握,另外,他曾留学法国,他对法国诗歌和比利时诗人凡尔哈伦的诗歌的阅读,也会让他在语言上和现代汉语进行转换和比较,当然,在这一点上,完全可能是潜移默化的,而不是有意为之。再就是,作为一个画家,可能许多人不知道，他去法国最初就是学习绘画的，他的每一行诗让人读后，都会有一个清晰的画面感，当然，更加不可否认的是，作为一个天才的诗人，他对语言的极高的禀赋，才可能让他在上个世纪30年代就写出语言如此纯净的新诗，在这一点上，也让他的同辈诗人只能望其项背。我讲艾青这些成就，主要是想说明，艾青是一位在中国当代诗歌史上，无论是在纵向的继承，还是在横向的移植方面，都是堪称大家的诗人。我不否认，在中国现代诗歌史上，还有许多杰出的卓越的诗人，但就中国新诗100年，如果谁问我，在这100年中你能不能推荐出一位最重要的诗人，毫无疑问，我会推荐艾青。这是因为艾青和他的作品，都完全具备了构成一个大诗人的全部的要素，无论是作为诗人个体，还是作为他的作品，毫无争议地都见证了他所处的那个动荡的、苦难的、忧伤的、辉煌的时代。我以为，在任何一个时代，一般性的诗人与大诗人的区别，也就在于此。

　　我作为一个诗人，是如何传承自己的民族和人类的诗歌精神的，也可以换句话说，我的诗歌创作是承接了怎样一种诗歌传统，毫无疑问，这对于诗人是非常的重要。大家知道，我是一个彝族人，我的故乡就在中国西南部的大小凉山，这个地区过去相当的封闭，解放前的凉山和西藏一样，是当时外地人很难进入的一个区域。那里群山密布，除了山还是山，崇山峻岭是它的一大特色。那里还是中国河流最密集的地区之一，著名的金沙江和大渡河都穿越这片土地。据我所知，这些有名或者说无名的河流加起来，大概也是中国任何一个区域按单位面积进行比较，流水量最大的地方。我去过世界许多地方，这样水量充沛的地方也是不多见的。彝族在中国是一个极为古老的民族，我们的居住地主要在云南、四川和贵州，在广西也还有少量的彝族人居住。据前不久的人口统计，彝族人口已接近900万，如果把这个人数放在今天的欧洲，无疑也还算是个庞大的数字，因为它要比欧洲许多小国家的人口还要多得多。但在中国的人口比例中，它仍然是一个不大的数字，在广义上讲，彝族在中国是一个少数民族。作为彝族，我们非常自豪我们是中华大家庭的一个成员，因为作为本土民族，我们的祖祖辈辈都生活在这片土地上。彝族还是一个历史非常悠久的民族，我们的文明史已经延续了数千年，在古代社会，我们曾创造过足以让后人肃然起敬的十月太阳历法，它完全可以与古玛雅人的十八月太阳历媲美，我想任何一个熟知世界文明史的人都应该知道，天文和历法在人类文明史中所占有的显赫地位。我们的文字彝文，作为中国本土最古老的原生文字之一，其历史与汉文的历史几乎同样的悠久，而这一古老的文字令人惊叹的是，直到今天还在彝族聚居区使用，有不少彝族作家和诗人还在用这种古老的文字进行写作。前几年，在香港还专门召开了一次古彝文申报世界记忆遗产的国际会议，这些古彝文所承载的语言信息以及它在世界文字史上的价值，已经引起了国际语言学界的广泛关注。我相信，通过大家的努力，古彝文成为世界记忆遗产的那一天不会等得太久。彝族还是中国各民族中，有创世史诗传世最多的民族，《勒俄特依》《梅葛》《阿细的先基》等十余部，如果把它们放在世界范围内，就一个单一民族而言，其创世史诗的数量，也是令人惊叹的。在哲学思想史方面，彝族有着自身古老的哲学价值体系，从大量的历史文献和经典著述来看，其独特的宇宙观、生命观、死亡观、伦理观以及审美观念，毫无疑问，都是我们中国，乃至于整个世界最宝贵的一笔人文和思想遗产。最可喜的是，这一博大精深的人文和思想遗产，并没有随着时间的流逝而消亡，在今天彝族人的思想和精神领域，它仍然在顽强地存活着、延续着。作为一个亲近自然的民族，彝族的宗教生活和世俗生活，都充满着一种无处不在的诗性。我们不仅用诗歌的形式传颂一代又一代人的谱系，我们还用诗歌的方式，写下了我们民族一系列最伟大的哲学和历史经典著作，诗歌不仅仅是我们的生活方式，从某种意义而言，诗歌也是我们民族的一种生命方式，诗歌已经成为了我们全部生活中一个极为重要的组成部分。我们用诗歌来赞颂和表现英雄的祖先、伟大的自然、神秘的时间、火焰般的爱情以及刻骨铭心的对故土和亲人的思念。各位，我讲这些，实际只有一个目的，就是想明确地告诉大家，作为一个诗人，我的诗歌精神源头，从一开始就来源于我所熟悉的我的民族的文化，而我也从未割断过与这种母体文化的血肉联系。这不是一个秘密，完全可以告诉你们，到今天为止，我对这个世界诗的感知方式，许多都来自于我们民族特有的对这个世界不同事物的价值判断，对于一个诗人来说，这无疑是上天对我的恩宠。当然，在这里我还需要强调，也必须要强调的是，彝族的诗歌传统，也仅仅是伟大的中国诗歌传统的一部分。而作为一个中国诗人，从我开始写作的那一天，伟大的中国诗歌传统，就成为了我一生都会去不断追寻的一个更博大的诗的精神源头。而同样作为一个具有全球视野的当代中国诗人，我一直把世界一切优秀的诗歌传统，作为自己借鉴的另一个诗的精神源头，而那些不同国度的杰出诗人和他们的作品，对我产生的影响，也是不言而喻的。欧洲最伟大的在世诗人之一托马斯·温茨洛瓦，在写我的一篇文章中，就选用了这样一个题目"民族诗人和世界公民"。从这个角度而言，任何一个杰出的诗人，他既是自己民族的儿子、自己祖国的儿子，无可讳言，他也一定是人类文明的儿子。

诗人独白的内心与现实中行动的诗人

诗人的个体写作具有强烈的主观色彩，这是不言而喻的。一个杰出的诗人，必须忠诚于自己的心灵，这是其作为一个诗人必须具备的最基本的素质。诗人是民族的良心，也是时代的良心，这也是千百年来为什么诗人被他的读者所热爱的原因。但是在当下，诗人不仅仅要进行书面的写作，他还应该把他的政治主张、文学主张变成一种行动，就我个人来说，我就力求自己成为一个行动的诗人。当代的中国今天正在进行新的文化创造，我们生活在一个多元文化并存的世界里。毫无疑问，今天的中国应该是给人类更多的文化贡献。这样，我们才能不断提升我们对外的文化影响力，使中国的传统文化以及当代文化在世界上占有一席之地。实际上，我们现在的世界正在经历一个不断现代化的过程,在这样一个背景和态势下,各种政治的、文化的、权力的、生态的问题,必定会让生活在这一空间里的人类去思考这些问题。对这些问题的关注,不仅仅是政治家的责任。也是生活在这一时代的所有的作家和诗人的责任,可以说,关注人类的命运和人类的生存状态,也是每一个生活在这个地球上的人的责任。我们中国的作家和诗人更应该成为这个时代和生活的见证者。我们作为人类整体中的个体并不是孤立地生活在地球的某一隅,我们应该把个人命运、世界命运、人类命运紧密地联系在一起。

我一直在思考,对于我们作家个体的人来说,不仅仅要面对自己的内心,更重要的是要面对这个世界、面对纷繁复杂的现实。作家和诗人不仅仅要坚守我们脚下的这片土地,还应该具有人类的意识。我认为这种意识,就是要求我们关注人类当下的生存状态、关注人类的生存命运。作家和诗人从来就不是孤立地写作,我们很难想象,一个伟大的作家和诗人如果脱离了他所生活的那个时代的现实,还能写出什么划时代的作品?我始终认为,在当下,我们更要向法国伟大的作家和诗人雨果学习,把自己的文学主张和文学行动结合起来。只有这样,我们才可能真正介入到中国当代的现实生活中去,才可能使我们的文化理想变成现实。我以为今天，一切有责任感、使命感的作家和诗人不能躲进象牙塔里写作，更应该站在这个时代政治的、社会的、文化的最前沿。应该随时发出正义的声音，应该成为推动人类社会不断进步和发展的重要力量。

今天，不仅仅在中国，就是在全世界许多民族都面临着许多共同的问题，这些世界性的命题都需要我们去回答。比如说，我们不同的民族如何依据自己的历史文化传统选择更好地与这个现代化进程相适应的方式？比如说，我们如何更好地与我们赖以生存的地球和谐相处？比如说，我们如何更合理有序地利用地球母亲和祖先传承给我们的资源？我想，这样一些问题，对于当代各民族作家、诗人来说，不仅仅是一个需要思考的问题，更是一个需要回答的问题。同样，这个时代还要求我们必须去承担一些共同的责任。保护生物的多样性，已经是这个世界普遍认同的一个原则。而在一个文化不断走向同质化、趋同化的今天，我们如何保护好文化的多样性，也需要我们做出正确的回答，因为对任何一个民族文化价值的肯定，我认为都是对人类所有生存历史的一种肯定。我认为这对今天的世界更为重要。我们必须要站在道德和人类发展的高度，来看待这个问题。

为了把这种文化主张与相应的行动结合起来，作为一个诗人和文化品牌创意人，从2006年开始，我亲自策划和实施，已经在青海成功地创立了一系列的文化项目：三江源国际摄影节、青海湖国际诗歌节、青海世界山地纪录片节、青海国际水与生命音乐之旅、青海国际诗人帐篷圆桌会议等，已经成为了今天青海和中国走向世界的平台和途径，同样也是世界认识和了解青海和中国的重要窗口。这一系列的重大文化事件的发生，已经在国际社会产生了广泛的影响。比如，青海湖国际诗歌节被国际诗坛评价为世界七大国际诗歌节之一，是亚洲最大的国际诗歌节；三江源国际摄影节目前已经成为了中国最大的国际摄影节；而青海世界山地纪录片节以它独特鲜明的山地主题，也是当今世界公认的唯一的展示山地民族生活、历史、文化和现实的纪录片盛会；青海国际水与生命音乐之旅，以水和生命作为永久主题，通过对水和生命的赞颂，共同表达了世界不同地域、不同文化背景、不同宗教信仰的人们对水和生命的共同关注，每一次活动都引起了国内外一切热爱自然的人们的共鸣；青海国际诗人帐篷圆桌会议，以保护土著民族文化为宗旨，倡导文化多元的理念，并已建立起了世界性土著民族诗人作家进行对话的沟通机制。同时，我们还利用青海深厚的历史文化资源，提出了以昆仑文化为主体的多元一体的民族文化概念，成功策划举办了昆仑神话与世界神话国际论坛，把重新诠释中国最古老的神话作为与世界不同神话体系进行沟通和对话提到了一个新的高度，进一步展示了中国古老文化的博大精深和源远流长。成功策划举办了《格萨尔》史诗与世界史诗国际圆桌会议，通过对国际史诗全方位的讨论和交流，让国际社会进一步加深了对中国政府和民间，保护人类文化遗产所付出的艰苦努力并做出重要贡献的了解。作为一个行动的诗人，我为我参与了这一系列的文化事件而感到欣慰，我始终认为，我所做的这一切，都是我应该而必须去做的，因为这是我的责任，也是我的使命。最后，我将用我的一首短诗来结束这篇文章，这首诗的题目是《我在这里等你》：

我曾经不知道你是谁？
但我却莫名地把你等待
等你在高原
在一个虚空的地带
宗喀巴也无法预测你到来的时间
就是求助占卜者

同样不能从火烧的羊骨上
发现你神秘的踪迹和影子
当你还没有到来的时候
你甚至远在遥遥的天边
可我却能分辨出你幽暗的气息
虽然我看不见你的脸
那黄金的面具，黑暗的鱼类
远方大海隐隐的雷声
以及黎明时草原吹来的风
其实我在这里等你
在这个星球的十字路口上
已经有好长的时间了
我等你，没有别的目的
仅仅是一个灵魂
对另一个灵魂的渴望！

 在中央和国家机关读书讲坛上的演讲
 2014年10月25日

诗歌的写作要回到生命的源头

我是一个彝族人,对晋宁并不陌生,晋宁是古滇国最早的都城,这些年经过大量历史遗迹的挖掘和考证,证明古滇国与我们彝族人有着深刻的历史渊源和文化渊源。按照彝族人对古代创世史诗、创世神话的研究,我们最早的创世神话的创世英雄支格阿鲁实际上和晋宁有着很直接的关系。

在彝语里面,滇池被称为"甸帕索罗"。彝语"甸帕索罗"翻译成汉语是什么意思?就是指在云层下的幽深、黑暗的大海——这个"大海"指的就是滇池。史诗中,我们的创世英雄支格阿鲁骑着一匹神马飞过大海,实际上就是飞过滇池。所以滇池在彝族的很多文化意象和文化符号里,特别是在我们的民族史诗里,被看成了一个重要的地理标志。

在大量的彝族古代典籍里,对"甸帕索罗"的记载是非常多的。随着古滇国青铜器的大量发掘和发现,还可以看到在这个时期,很多被发掘的古墓里,都有古彝人的骨灰。那么可以说,这块土地实际上和我们彝族人有着十分紧密的联系。这种联系从某种意义上来说,还是一种精神上的联系,所以说我对晋宁并不陌生。

还有很重要的一点,是我对伟大航海家郑和的敬仰。600多年前,郑和花了28年的时间七下西洋,让中国当时的文化(包括很多哲学思想)、中国人的生存方式(包括我们的很多礼仪),传到了世界上很多国家。现在我们正处于一个对外开放的历史时期,习近平总书记提出了"一带一路"战略,标志着今天的中国作为一个大国,正在朝着一个强国迈进。这个时候该如何看待600年前历史上的对外开放——它除了是经济上的开放,实际上还是文化上的开放——是值得我们深思的。

所以我想,今天我们在这里举办这样一个具有特殊意义的大航海诗歌艺术汇,思考我们本土的诗歌创作,寻找一种诗歌的原始精神，纪念对郑和航海和古滇国的历史文化，对我们今天的诗人来说，都是非常有意义的。

前不久我专程去了一下云南的会泽，四川会理、会东这一带，了解了历史上产铜的情况。大家知道，四川三星堆遗址出土了很多青铜器，从实证考古的角度来说，必须要找出铜的来源，而现在通过对三星堆青铜的重新化验，发现它和古滇国有着直接的关系，或者说这些铜基本来自于云南和四川交界的会泽、会理、会东，这一带有着大量的冶炼古铜的遗址。

我们现在对三星堆文化重新研究和考证中发现，在它的源头并非是像一些所谓的传说那样来自古埃及、古希腊，也不是一些更荒谬的看法认为是天外来人创造的一种文明。实际上，大概4000到5000年的三星堆文明，和古代云南乃至整个西南地区灿烂的古代文明有着直接的关系，从某种意义上说，也和古滇国的青铜器文明有着某种神秘的联系。

另一个方面，今天我们在晋宁举办这样一个大航海诗歌艺术汇，我认为有几点启发对当下的中国诗人非常重要。

第一，我们现在整个的诗歌创作态势是很好的，应该说现在中国诗人的写作进入了一个非常好的时期，他们对自身的写作非常自信，每一个诗人都是从自己的内心出发，都在面对属于自己的诗的世界。另外，我们当下诗人的视野，包括阅读范围，也是非常广泛的。这种广泛让我们在进行国际交流的时候，能够越来越自觉地从我们自身的诗歌传统出发，来考虑怎么更好地继承和传承中国古典诗歌的传统。

实际上有很多前辈若干年前就在进行这方面的语言实践，包括最杰出的诗人之一——穆旦，包括现在还健在的杰出教授、学者、诗人郑敏先生。他们已经在探索，要传承中国古典诗歌的特殊精神。从某种意义上说，这是一种回归，但这样的回归绝对不是旧瓶装新酒，而是回归到中国古典诗歌精神。中国古典诗歌精神应该是比较广泛的，它不仅仅是楚辞、诗经、唐诗、宋词到元曲这样的诗歌传统，它还包括很多中国少数民族的诗歌传统。这个诗歌传统也是我们国家多民族诗歌传统的一个部分。

从中国新诗诞生到现在，走过了差不多100年的历史，100年来我们不断向外来诗歌学习，近几十年大量外国杰出诗人——不管是古典的还是现当代的诗人——他们的作品被翻译成中文，这些作品得到了非常广泛的交流与认同。我想今天的中国诗人应该说要比历史上的任何一个时期的诗人都对自己的创作充满了自信。在这样一种文学的沟通、文学的对话或者比较的过程中，我们已经可以看到，正在形成一种面向21世纪、既具有中国特点又具有开创性、诗人能保留个性的这样一种诗歌美学。

我想今天来到晋宁，谈到晋宁古滇国文化的时候，我们还要考虑怎么能在当下的创作中，找到一种更好的精神上的对接。这种精神上的对接实际上对很多诗人都非常重要。大家知道，南美20世纪最伟大的智利诗人巴勃鲁·聂鲁达，他的《马丘比丘高峰》对整个南美精神的回顾、追踪，实际上彻底改变了他早期诗歌的创作方向。从《马丘比丘高峰》开始，他的诗都在反映对南美古印第安传统的文化追踪，他在这种追踪中找到了一种文化的自信和重新复兴他对这一片大陆的文化梦想。从某种意义上来说，聂鲁达的诗歌，是把拉丁美洲这一片土地的梦想，在一个更高的角度进行了全面的提升和复苏。所以马尔克斯称他是20世纪最伟大的诗人。

但是我觉得最重要的一点就是，在巴勃鲁·聂鲁达之后，拉美诗人开始重视对自己本土原始文化的理解。所以我想，今天我们在晋宁谈古滇文化的时候，我们中国的诗人和作家，都要找寻一个属于自己文化的神性、或者是更强大的精神背景。

当然，任何一个诗人的写作方式是不一样的，他所依托的精神背景也是不一样的。比如说20世纪后半叶开始的非洲的、拉丁美洲文学，实际上都属于边缘写作，而这种边缘写作最初的开始，是在解决一个文化自信的问题。他们对他们古代文明的尊崇、对古代文明的热爱，使他们的诗歌有了一种从未有过的纵深度。

我觉得我们西部的诗人，特别是处在所谓边缘写作的诗人应该寻找一种原生的精神动力，对我们来说这是一种来自回归的召唤。比如晋宁及滇池周边的这片土地上古滇国的特殊文化，就是一种对我们彝族人的精神指引。它就像是一条隐秘的道路，通向我们诗歌的每一个词，某一个非常微妙的、非常精微的精神呈现。

第二，当然要谈到郑和。我觉得郑和对我们今天来说具有非凡的意义，这种非凡的意义就是我们在文化上必须具有一种开放的精神。我理解的"一带一路"不仅仅是一般性的经济发展规划，更是政治、经济、文化、外交的一个总方略。这个方略体现中国在今天作为世界第二大经济体，在面向世界时如何定位。今天的中国对外进行文化宣传或者传播时，我想很重要的一点是要考虑如何建立好一个整体的对外宣传的体系。

前不久在一篇文章中我谈了一个很重要的观点——我们必须进行顶层设计，也就是怎么能更好地介绍和宣传中国。不是简单地对中国过去的历史和文化进行宣传和交流，这并不是说我们过去的文化不灿烂、不丰富，而是怎么能让中国当下文化的创造和国际社会在一个沟通渠道中深入地进行文化交流。比如孔子学院，孔子学院建得越多越好是大家普遍的看法，但我觉得今天的文化交流一定要有实质内容才更关键。

为什么这么讲呢？大家知道，现在以西班牙为中心的西班牙语国家，建立了塞万提斯学院。设在中国的塞万提斯学院的工作人员也就只有两个人，但每年都举办各类纪念活动，纪念所有西班牙语国家历史上所有伟大作家的诞生日、逝世日，或者为某个重要作品举办纪念活动。他们把对西班牙、讲西班牙语的所有国家的重要作家、重要诗人、重要艺术家的介绍，放在了一个很重要的宣传平台上进行宣传。这个文化影响力是非常大的。另外像德国的歌德学院，它们对德国文化的宣传有非常精心的设计。这些方法对我们来说有很重要的参照作用。

我们今天文学艺术创作的数量与对外宣传的力度是不对等的。据不完全统计，以文学来说，从"五四"到现在，我们翻译西方的人文方面的著作大概接近20万种，而西方翻译中国人文方面的作品，当然也包括文学、小说、诗歌等等，大概也就两三万种，而且还是近十几年来中国对外开放后，西方国家越来越关注中国当代文化，不断和中国当代的作家、艺术家、诗人进行广泛地接触后才达到的，这个量是很少的。

我们知道，从"二战"后，日本对国家层面的对外文化宣传就是通过顶层设计来实现的。这个顶层设计并不是完全以政府的面貌出现，更多是由一些中介机构、出版机构、基金会来做这样的对外宣传。比如上个世纪，它们对小说家像安部公房、川端康成、井上靖、水上勉，诗人古川俊太郎等的介绍，其实是整体的日本文化对外宣传的很重要的组成部分。而对电影大师黑泽明，动画大师宫崎骏，画家平山郁夫、东山魁夷等的对外介绍，是放到整体的国家文化战略上来做的。

今年是郑和下西洋610周年，今天我们来到晋宁，我觉得我们的对外开放，对文化上的要求，也同样需要一种开放的精神。这种开放的精神就是要不断地加强向世界优秀诗歌的学习，同时还要把中国当代优秀诗人的作品全方位地介绍到世界各地去。介绍和交流做顶层设计之外，也需要我们中国的作家、诗人要具有一种开放的精神，就像当年郑和那样，在那样一个历史条件下，完成了航海伟绩。为什么他会被梁启超先生称为"海上巨人"？我觉得最重要的一点，就是他做的事情是跨时代的，后来的哥伦布，包括后来的一些西方航海家，在我们后人看来他们远远不如郑和。

第三，我想简单说一下，当下中国诗歌的情况是非常好的。在座的还有很多优秀的、杰出的诗人，他们过两天还要就这个话题发表专题演讲，他们的专题演讲会把当下诗歌的状态和他们的思考告诉大家。但是我有一个总体感觉，我们当下的诗歌创作，还是一种碎片化的写作。我认为我们应该重现诗歌的一种原始精神，我们当下的诗人应该做更多的思考，这些思考可以来源于对别的国家的诗歌创作和某个阶段的文学现象的思考。

比如说，前不久我接触了一些很重要的俄罗斯诗人，上个星期还接触了一些很优秀的美国诗人。俄罗斯现在对马雅可夫斯基又开始重新评价。苏联解体之后有一段时间，由于各种原因，更强调他后期的意识形态写作。他其实也是白银时代这些诗人里面一位很重要的诗人，现在的俄罗斯诗坛又开始对他的地位，包括对他的创作进行重新的理解和评价。

很长一段时间，有一些历史上非常重要的诗人，可能会因为政治原因、意识形态原因被屏蔽了。当时就有这样一个年代，在苏联，像帕斯捷尔纳克、曼德尔施塔姆、茨维塔耶娃这样一些诗人，某种意义上来说，他们是被屏蔽的。但是苏联解体之后，他们对叶赛宁、对马雅可夫斯基的评价，由于别的意识形态的原因，对这些诗人又有一个屏蔽。我想说的是，对一个诗人的研究是诗歌史学家的事，也是后世读者的事，他们会进行不断地选择。比如说美国一些诗人告诉我，美国"垮掉的一代"这一批诗人，他们每一个人走在街头的时候，兜里面揣的都是马雅可夫斯基的诗集。因为马雅可夫斯基的好多诗实际上是从街头开始的，某种意义上来说，这些诗是对学院派的一种颠覆。马雅可夫斯基并不是按照所谓的正宗俄罗斯诗歌形式来进行写作的诗人，比如他的代表作《穿裤子的云》。他那个时期的作品，无论是在技术性上，还是在思想性上，已经达到了一个很高的水准。

这个并不是简单地对马雅可夫斯基做一个评论，我想说的是，不论在西方还是东方，对很多诗人的评价，会随着历史的变化，随着大量史料、一些不为人知的情况的不断披露，发生很大变化，会对他们的作品有多义性的理解。比如马雅可夫斯基的戏剧，现在很多人重新研究马雅可夫斯基戏剧时，认为他的很多戏剧实际上具有相当的先锋性。还有意大利非常著名的诗人、上个世纪60年代很重要的电影导演帕索里尼，前不久我有几个很好的诗人朋友，他们就专门谈到意大利新写实主义。有一段时间，他们把对隐逸派诗人，像夸西莫多、蒙塔莱、翁加雷蒂的评价放在了一个很高的位置，而现在的意大利新现实主义这部分诗人，对帕索里尼的诗歌又重新给予一个很高的评价。

今天的中国，每一个诗人都能按照自己的想法去写诗，他在面对自己的内心世界的同时，还要面对一个客观的世界，用什么样的方式来写，是诗人自己的选择。但是目前的写作呈现出一种碎片化的趋势，我觉得最大的问题，就是我们今天缺少那种真正意义上的、从人类意识和生命意义出发的写作。

当下中国的诗歌写作，要考虑怎么来重塑诗歌的原始精神，找到诗歌真正的史诗品格，而不是简单的概念写作或口号写作，这样才能写出真正具有生命意义，又有很强大的精神背景和文化源头的作品。

今天我们来到晋宁，来到古滇国文化的源头，来感受它的时间、感受它的历史，我觉得这对我们来说具有特殊的意义。这次由晋宁和《大家》杂志社举办的活动，虽然地处中国西南边陲的这样一个小小的角落，但我们由交流和对话所形成的思想、所碰撞出来的火花，一定会对当下的中国诗坛、当下的中国诗歌创作发挥很好的作用。所以我期待着这样一个非常好的、有特点和品牌意义的诗歌汇活动能够不断地办下去，为中国诗歌的繁荣发展，为促进诗人之间开诚布公地交流，提供了一个非常好的平台。

> 在"第二届大益·晋宁
> 大航海诗歌艺术汇"上的演讲
> 2016年7月17日

在文化觉醒中面向未来

非常高兴在两岸关系正处在一个积极健康的时候,来参加这样一个具有特殊意义的会议。

为了节约大家宝贵的时间,请允许我不用客套而是直接进入今天会议的主题,并且我希望我的讲话尽可能对大家有用,而不是简单地、或者说重复性地就两岸少数族裔的文学发展谈一些肤浅的意见。当然,我以下这些看法,仅仅是我作为一个作家和诗人的观点,不妥之处,还望各位与会者批评指正。

首先,今天我们在这个地球的任何

一隅，无论是在讨论一个单一国家的文学，还是在讨论一个单一民族的文学，都不可能在离开这个世界更广阔的存在。否则，我们今天将要逐步展开的这个话题，就会变得十分狭隘，甚至缺少应有的学术深度，我想这是大家都会有的一个共识。因此，我想讲的第一个问题，就是关于全球化的问题。毋庸置疑，在当下任何一个民族的文学，都无一幸免地都被置身于"全球化"这样一个背景下，随着资本的自由流动，再加上信息技术的快速传播，世界不同民族的文学都在经历着一种考验。在这里必须指出的是，随着经济和金融在世界范围的统一，那些被所谓理性经济实践的行为准则，以及被它所操控着的跨国资本的组织或机构，强立为一种政治和经济理想实现的模式。显然，最为致命的是，这种模式在新自由主义的旗帜下，开始主宰着这个世界上越来越多的国家，这种模式不仅要在经济和市场方面，把不同的经济体统合于不平等，更为危险的是，他们还试图把不同民族的文化，整合于一种以利益逻辑为导向、以纯粹商业为目的的文化价值体系中。显而易见，在这样一个"全球化"的现实威胁下，保护和延续不同民族文化的特殊性，就变得越发重要。而文学作为不同民族文化中最为重要的组成部分，如何在这种"全球化"和"现代化"

的过程中，保存和延续好各自民族的文化传统，特别是使其语言、文字、美学传统等得到更有效的继承与创新，这种紧迫性以及所面临的文化生存危机，其实已经到了一个极为严重的时候。我这样讲，并不是危言耸听。在世界各地，至今仍然有许多在用小语种和方言写作的作家和诗人，虽然他们从未放弃过自己的写作梦想，他们在各自不同的语言文字中，艰难而又自豪地创造着既属于自己的民族又属于全人类的文学成果，可以说，这个多元文化并存的地球，正是因为他们的存在，文化多样性（当然也包括文学多样性）才成为了真正意义上的可能。前几年刚刚离世的，伟大的希伯来语诗人耶夫达·阿米亥，就让一种古老的语言通过诗歌焕发了青春，他杰出的诗歌成就，毫无争议地把他推到了当代世界诗坛的最前沿。在当下小语种的文学世界里，伟大的两位东欧诗人托马斯·温茨洛瓦和托马斯·萨拉蒙分别用立陶宛和斯洛文尼亚两种古老的文字，同样创造了属于这个世界令人惊奇的诗歌语言奇迹。尽管如此，"全球化"所形成的强大的商业逻辑的侵入，不同地域弱势民族的文化（当然也包括文学）遭到的商业精神的压迫，依然是当今全人类保护文化（文学）多样性急需解决的难题，只有真正改变了把经济利益看得高于一切文化伦理这一谬误，我们这个世界的文化生态和文学生态，才会发生根本的逆转，并朝着健康的方向继续发展，未来的人类才会在文化上和文学上创造出更加多元的骄人成就。

其次，现在我要谈的才是当下中国的民族文学，当然在这里所指的是中国少数民族文学。请原谅，在涉及"文学"这个概念之前，我必须把我对当前中国乃至于世界民族问题的一些思考，尽可能地做一个简要的表述。无可讳言，近年来，对中国和世界民族问题的讨论，已经是国内外学界和社会舆论普遍关注的重要热点议题之一。特别是冷战结束之后，民族问题和宗教问题，毫无疑问，已经成了全世界都面临的不可回避的问题。尤其是苏联解体、东欧发生剧变后，民族冲突和宗教冲突日益凸显，一些区域出现的民族自决，使新独立的民族国家应运而生，深刻地改变了这个世界的地缘政治。在今天，如何看待这样一个世界性的民族问题和宗教问题，是摆在我们面前无法回避而必须去回答的问题，否则一切有关民族文化和民族文学的话题都无从谈起，这是一个最大的前提。以下我想给你们谈这样三个问题：一是为什么说尊重和承认差异，是今天中国乃至于世界处理民族问题的一个重要原则？二是"民族问题去政治化"

为何是一个伪命题?它的危害为什么将影响到今天中国的民族工作实践?三是当下的中国少数民族文学的发展繁荣,为什么正站在一个十分重要的历史节点上?当然,对这样三个话题,我只能进行概括性的阐释,并不具备系统的理论性。

第一,尊重和承认差异,不仅仅是我们对不同民族和不同宗教的一般性认识,更重要的是我们对民族多样性和宗教多样性的认可和承认。毫无疑问,从更高的角度上看,这种认可已经成了人类在道德伦理层面上对它的一种肯定。无论是在中国还是在世界上,我们都必须对各民族在历史发展中形成的多样性,特别是语言文字、传统文化、宗教信仰、风俗习惯、心理认同等等,予以充分的尊重和理解。只有充分地尊重和承认差异,我们才可能改变这个世界上许多价值体系对他人的强加,也才可能改变一部分人想把自己的生活方式强加给另一部分人的虚妄和企图。欧洲文化中心主义,在历史上就犯过一些荒唐的错误,他们对被殖民国家民族的文明史的认识,还是在这近半个世纪内才改变了他们的偏见。最明显的事例就是,对印第安玛雅文明和阿兹特克文明的重新评价,这些古老的文明在今天已经进入了世界许多著名大学的教科书,它们已经和西方古老的文明一样,受到了人们普遍的充分的敬畏和尊重。不同民族的差异永远是绝对的，而相同却是相对的。当下人类对生物多样性和文化多样性的认可，已经变成了一个普世的价值观，这其中包含了一种核心的思想，那就是，无论是对一种文化还是对一种生物的生命存在，都不能用强制的方式去改变它。我本人作为一个置身于政治和艺术两个领域的公众人物，历来强调在今天的世界，既要反对宗教上的原教旨主义，也要反对存在于我们民族内部或者说存在于别的民族中的极端民族主义。既要反对针对个体民族的一切理性权力的滥用，又要反对施加给弱势民族的不同的歧视政策。我的朋友，阿拉伯世界的伟大思想家和诗人阿多尼斯曾这样告诉我："我们必须在两条战线上开展斗争"。我以为这是我们作为民族的诗人活在这个世界上最重要的理由。

第二，在中国政界或者说学术界，当然持这种观点的是极少数人，他们以"民族问题去政治化"这样一个伪命题，试图把中国的民族问题与美国、印度、巴西的民族问题相提并论，完全不顾中国各民族形成的历史原因，以及在中国政治、历史和现实格局中的特殊性，异想天开地想超越历史阶段地来解决民族问题，甚至提出"取消民族区域自治"和"取消民族身份"等等，这样一些极有危害性的错误观点和主张。这种思潮的背后，其实隐含着一种不可告人的可怕的思想，那就是在他们的潜意识中，完全不认为在这个国家里还应该有别的民族存在。假如这些思想和学术观点，被执政者和政策制定者采纳的话，无疑将会给中国这样一个多民族国家带来灾难性的后果。换言之，在中国这样一个多民族的国家，如果在处理民族事务和民族关系时，真的出现不该出现的偏差和失误的话，其后果将是不堪设想的。稍有历史知识的人都知道，美国民族问题同中国的民族问题，其可比性是很小的。因为从总体上看，美国是一个以移民为主体的国家，原住民印第安人在当下的总人口中，其所占人口的比例，可以说已经到了微乎其微的地步，一二百万人现在大都分散在保留地里。若干年来，美国政府通过几次大的边疆扩张战争，对土著居民普遍实行的是驱赶围困、强迫同化、甚至从肉体上进行消灭的政策，这些事实和真相，今天还可以从美国政府的文献以及大量的历史记载中看到，这并非是我们的杜撰。好莱坞著名影片《与狼共舞》就写了这样一个有关美国政府西部扩张与印第安人发生激烈矛盾的故事。美国今天所形成的"族群"结构，完全是在这近一二百年的移民潮中形成的，而中国的各个民族，几乎都是古老的世居民族，他们祖祖辈辈都生活在中华这片生于斯、爱于斯、活于斯，最终死于斯的土地上，就是几个为数不多的外来民族，他们迁徙进入中国，少说也已经有近千年的历史了，有的历史还要更长，不用说他们早已完全本土化。对此无需再赘言，这就是今天中国民族版图的现实状况，只有认真面对这样一个历史和现实的真实存在，我们的所有决策和政策的制定，才会具有完整的科学性，而我们所制定的每一项有关民族问题的政策，才会更符合中国的实际，也才会具有更加强大的生命力。

第三，当下的中国少数民族文学的发展和繁荣，为什么说正站在一个十分重要的历史节点上？大家知道，"中国少数民族文学"这样一个文学概念，是1949年中华人民共和国成立后才形成的。需要解释的是，我在这里说的"中国少数民族文学"是一个特殊的概念，并不是说这些少数民族在此之前，就没有自己的文学存在。实际上，许多少数民族其文学传统和历史都非常悠久。就我们彝族而言，在历史上的神话和创世史诗就有近10部，这在世界单一民族中都是极为罕见的。就"少数民族文学"这个概念而言，的确在此之前，所有的中国文学史，都没有过这样的概念，确切地说，1949年前的中国文学史，基本上就是一本"汉族文学史"，或者说是一部用"汉文字创作作品的文学史"。但是足以令人感动和欣喜的是，因为中国数以千计的少数民族作家的写作实践，通过60多年的不懈努力，今天的中国少数民族文学已经获得了空前的繁荣和极大的发展。一支多民族、多语种、不同年龄段的少数民族作家队伍已经完全形成。毫不夸张地讲，这些代表了不同民族的作家和诗人，在今天的中国现实生活中，已经名副其实地成为了他们所代表的那个民族在精神和文化上的代言人。他们众多的优秀作品，极大地丰富了中国文学的宝库，他们卓越的创作成就，不仅仅是他们所属的那个民族的光荣，同样也是中华民族当代文学的光荣。我们为之自豪的是，在中国人口只占百分之七的中国少数民族，今天已经出现了数十位能够进入当代文学第一方阵的作家和诗人，在我看来，这个方阵不会超过50人。这些重要的少数民族作家和诗人的创作成就，不仅在国内有着极大的影响，就是在国际上他们也获得了广泛的承认。凡是不带任何偏见的人，只要正视中国少数民族文学所取得的光辉成就，都会认为这是一个历史性的胜利。我始终相信，"中国文学史"将会被无数次地改写，而被改写的最充足的理由，就是在我们这样一个多民族的大家庭中，总会有天才般伟大的作品不时地涌现，这是任何出于私利和狭隘的力量，都无法阻挡的。而这些具有经典意义的作品，以及创作了这些经典作品的作家和诗人，也将会毫无愧色地进入"中国文学史"，并谱写出新的历史篇章。

之所以要讲以上这些话，我是想让人们了解中国少数民族的发展和繁荣，并不是一蹴而就，从天上掉下来的，它是通过了几代人的共同努力才获得的，这一艰辛的发展过程，说到底就是一代又一代少数民族作家文化觉醒的过程，如果记录下来，这也将会是一部感人肺腑的少数民族文学发展的心灵史。历史是无法改写的，当我们回望历史的时候，我们还能清晰地看到，每一个民族文学发展的真实的轨迹，真可谓峥嵘岁月稠。假如今天我们要对我们所经历过的每一个文学事件和文学运动做出评价的话，我们的着力点不仅要放在中国当代文学的坐标系上，同时还应该放到世界当代文学的坐标系上，因为只有这样我们的评价才可能离真实更近。事实告诉我们，从上一个世纪80年代开始，由于中国的改革开放，中国少数民族作家和诗人的文学参照系，已经扩大到了整个世界，拉丁美洲的作家诗人，非洲的作家诗人，以及东欧、中欧那些弱小民族作家诗人所取得的令人瞩目的成就，尤其是他们具有厚重民族文化传统，又体现出了深刻人类意识的作品，无一例外地直接影响了中国当代一批最重要的少数民族作家和诗人的创作，从某种意义而言，中国少数民族作家和诗人的创作，也是这个世界范围内亚文化地带，文化和文学复兴的一个重要部分。因为我们从一开始就把胡安·鲁尔弗、尼古拉斯·纪廉、兰斯顿·休斯、加西亚·马尔克斯、巴勃罗·聂鲁达、费德里科·加西亚·洛尔加、维托尔德·贡布罗维奇、亚罗斯拉夫·塞弗尔特、马哈默德·达尔维什、利奥波德·塞达尔·桑戈尔、埃梅·塞泽尔、曼德尔施塔姆、切斯瓦夫·米沃什、约瑟夫·布罗茨基、卡瓦菲斯、奥克塔维奥·帕斯、塞萨尔·巴列霍等等，视为自己在文学精神和心灵上最亲密的兄弟，是把他们作为榜样，才让我们有足够的勇气创造出了属于自己的文学世界。可以欣慰的是，今天的中国少数民族文学，已经是外部世界在文化领域，关注中国的一个重要方面，这一点已经是一个不用争议的事实。

当前，中国少数民族文学的发展和繁荣，正处在一个十分重要的历史节点上。首先，已经有一大批杰出的少数民族作家，他们除了具有面对世界的广阔的文化视野，同时他们在更高层面上对自身民族文化的情感认同，的确已经大大地超过了他们的前辈。这种在其民族精神和文化意识上的回归，开始使他们更为自觉地把其文学的触须，真正深入到了其母体文化根部的最深处。他们对自身文化身份的再确认，实际上已经成为了他们反抗"全球化"新自由主义理性权力滥用的工具。因为他们是在意识到"全球化"已经使他们的文化处于一种危险的境地时，他们才将保卫自身的文化安全提高到了一种道德的高度。他们一方面，力图让自己成为公共知识分子的一部分，而不把自己的文学写作与参与政治和社会事务对立起来。另外，他们在文学创作上，更加关注他们的民族在今天的生存状态，最为重要的是，他们把自身民族的命运与全人类的命运紧密地联系在了一起。他们不是孤军作战。他们还力求在呈现文学民族性的同时，还要极其高明地呈现出文学的人类性。他们已经把这样一种要求，看做是一项神圣的任务和追求的目标。我可以大胆地、同时也是谨慎地告诉大家，中国少数民族文学要创造新奇迹，在文化和思想上的准备已经基本完成。

说到这里，我必须就两岸的民族文学交流谈一点意见了。首先，我要谈的是两岸不同民族间的文学交流。据我所知,在台湾被正式确定为台湾原住民族的有16族，这其中包括了邵族、噶玛兰族、太鲁阁族、撒奇莱雅族、赛德克族、拉阿鲁哇族、卡那卡那富族等等。我以为，两岸各民族的文学交流，应该建立起一种更务实和更有效的对话机制，特别是落实到具体的作家和诗人的交流时，了解彼此的文化背景、历史传统、价值取向、心理构成等等，尤为重要。我想任何交流，如果只停留在对其文化和世俗生活的表层认知上，这种交流十之八九都是失败的，或者说是没有意义的。我们还应该在更具有深度的交流中，把这种交流的范围扩大到一个更大的政治和社会层面上来加以考量。诸如，从政府角度对原住民族进行保护的政策设计，原住民族的人权，原住民族在文化、教育、卫生、社会保障等方面的状况，以及原住民族在政府、社区等公共领域的地位和权利。总之，两岸各民族作家诗人之间的交流和对话，最终形成的成果，应该体现在通过这种交流，对不同文化的尊重和理解将进一步加深，特别是对彼此间不同文化的认同感，也会得到意想不到的加强。前不久，我看了一部台湾导演魏德圣执导的电影《赛德克·巴莱》，片长达好几个小时，但一点不感到冗长和枯燥，这是一部具有史诗品格的巨片，影片看完后给我留下的印象是极为深刻的，特别是电影中赛德克人，渴望找回自己的文化和信仰的精神，非常让我感动。这就是真正的艺术的力量，同样它也是在真正的交流中才获得的。另外，两岸不同民族的作家，实际上都生活在一个联系十分紧密的文化圈中，这个文化圈就是汉文字文化圈，需要声明的是，在这里，我是从更广的意义上而言的，这并不与中国大陆地区许多用少数民族母语写作的作家和诗人，有任何直接的对应关系。因为从客观上来讲，汉语在中国是一个使用人数最多的公共语言文字，我看无论是在中国大陆，还是在台湾，许多少数民族之间的交流，绝大部分也是通过汉语来沟通完成的。中外文学发展的历史都告诉我们，自从人类创造使用文字以来，文学从来就是语言的艺术，我认为在今天的两岸文学交流中，要有意识地重视用汉语写作的作家和诗人，要研究他们在文本意义上的贡献，要把汉语写作经验，尤其是要把那些在汉语创作中具有经典范例的作品，更积极地摆放到世界文学的更大空间中加以推广。当然，加强中国各民族作家和诗人，用不同的民族语言文字创作的作品之间的翻译，同样是我们在民族文学交流中的一项神圣的职责，这两者并不是一种矛盾的关系，我们应该全力地把这两项工作都做得更加出色。我认为，在中国文学如何更好地走向世界方面，海峡两岸的文学组织机构和团体，都应当承担起更多的使命和任务，而两岸的各民族作家更要成为这项工作的中坚力量。

在即将结束这个讲话之前，我最后还要告诉各位，今天的中国，在发展经济的同时，已经把精神文化的建设，放到了一个更为重要的位置。如何提升一个大国和强国的文化地位，已经刻不容缓地把这样一个光荣的任务和使命放到了我们的肩上。中国是一个多民族的国家，就像我们在历史上，由不同的民族共同创造了中华5000年的文明史那样，我相信勤劳智慧的中国各民族人民，同样也能在当代文化上，创造出无愧于先人的新的辉煌。我同样相信，中国各民族作家和诗人，将是实现这一伟大梦想的最重要的力量！

在"第三届两岸民族文学交流
暨学术研讨会"上的演讲
2014年8月23日

当下诗歌的写作状态和所面临的选择

世界对中国诗歌的关注也来自中国对外影响力的扩大

我来过金华5次,每次都是为艾青先生而来,今年是世界反法西斯战争和中国人民抗日战争胜利70周年,我有幸受邀出席艾青先生《抗战诗选》纪念活动。今天我想跟大家谈一谈当下中国诗歌的写作状况,以及与国际性交流互动的关系。关于国际交流,在今天对我们来说还是一个比较重要的话题。大家知道，随着整个中国经济社会事业的不断发展，中国现在跃居世界第二大经济体，作为第二大经济体，我们的文化怎么能对外更好地推荐，更有效地提高中国当代文学对外的影响力。据不完全统计，从上世纪二三十年代，或者说从"五四"以来到现在，我们翻译西方的文学作品有十万多种（包括诗歌、散文、小说等，更多的还是叙事类文学作品），但我们现当代文学中重要作家的作品翻译成外国文字的，据统计大约一两万种，从数量上看就很不对称。但令人可喜的是，外部世界开始对中国的诗歌投以关注。中国是一个诗歌大国，诗歌传统源远流长，在历史上，诗人是一代接着一代，很多诗人可以说不光在中国诗歌史上，哪怕就是在世界诗歌史上也很有影响。但是尽管这样，我们看到西方对中国诗歌的翻译研究，更多的还是着力于唐诗宋词这一类古诗词的研究，真正中国现当代诗歌在国际上产生影响，或者说被翻译成别的文字的也还不多。

当然，中国古典诗歌对整个世界的诗歌发展影响是巨大的，西方的意象派诗歌受唐诗的影响就很明显，像埃兹拉·庞德这样的诗人，严格意义上来说，他就吸收了唐诗的意象，当然也包括日本俳句一类。他们翻译唐诗，很多人都不懂汉语，只能借助当时懂汉语的汉学家，把作品的字面意思转述给他们，然后才由他们用另一种语言的诗歌形式翻译出来，现在再回头来看，那个时候的翻译，存在许多误读。当然，要把唐诗宋词翻译为西方的文字，或者别的文字，事实上也是一个很难的事情。从某种意义上而言，诗歌是不可翻译的。但是20世纪以后，直到现在，整个世界文坛对中国诗歌的关注，随着中国整个综合国力的提升，当然这种关注包括了整体的中国现当代文学，发生这种变化和中国对外影响力的扩大有直接的关系。最明显的是，当代有不少中国作家的作品，在近十几年比较集中、大量地被翻译为西方文字。从另一个角度我们可以看到，上世纪一些重要的中国现代作家，包括中国现代文学史上的重要诗人，他们的作品被翻译为西方文字的数量并不多，这对他们是不太公平的，除了鲁迅这样的现代作家在世界上被广泛关注以外，还有一些很重要的作家和诗人，近几年西方在翻译中国当代文学的时候，已经开始关注他们，因为这些作家和诗人在现代文学中都是具有开拓性的。

新诗与中国古典诗歌传统之间形成了一个大断层

中国诗歌在世界文学格局中，有两个问题值得我们关注，一是中国文学在此之前被翻译的最多的还是唐诗宋词以及像《红楼梦》那样的古典名著，二是海外在译介中国文学方面，除了翻译了部分经典小说外，诗歌的翻译也是一个重点。现代诗人中被翻译得最多的是郭沫若和艾青，另外，80年代兴起的朦胧诗派的作品，后来也得到了比较广泛的介绍，其中，以北岛为代表。当我们进行横向比较的时候，会发现一个非常有趣的问题，就是英语语系的诗歌，法语语系的诗歌，俄语语系的诗歌，以及西班牙语系的诗歌，他们在诗歌语言的革新方面，都在不断地发生着变化。而中国诗歌，从过去的语言形式到现在新诗的语言形式，其变化更为巨大，就如同文言文的写作和现在白话文的写作，有着极为明显的区别，这种区别实际上是在语言传承上形成了一个很大的断层。从诗经到楚辞，再到唐诗宋词，一直到元曲延续下来的中国诗歌传统，实际上一直在发展变化中，但其在语言的内在联系方面却一直保持了这种语言的紧密联系，但从"五四"以来的新诗创作却不一样，它不仅仅是一种诗歌艺术形式上的革命,从根本上讲,它还是一场语言的革命。这一点,在俄语诗歌的变化中就不太一样,我们现在去看俄罗斯的诗歌,普希金形成的俄罗斯诗歌语言的传统和方式,直到今天都还延续在俄罗斯诗歌的现实世界中,像俄罗斯白银时代的经典诗人阿赫玛托娃、曼德什尔塔姆、帕斯捷尔纳克等人,都是这一诗歌传统在语言方面的继承人。虽然这其中有许多新的变化,但从俄语本身来看,它所形成的语言的链条却从没有中断过。当然不可否认,在汉语诗歌的语言转化上,从诗经到楚辞,到唐诗宋词,其内在语言的联系也是没有被完全中断的。但我们的新诗,从"五四"开始,主要是进行了大量的横的移植,比如胡适、刘大白等人,都是最早开始新诗实践的人,这其中郭沫若是毫无争议的集大成者,其代表作《女神》就是横向移植的一个典范,它那种狂放的诗歌形式,主要是来源于美国诗人惠特曼对他的影响。从这些新诗人的作品中我们可以看到,他们的表现方式承接更多的还是西方现代诗歌的结构形式。中国新诗的发展到现在还不足100年,应该说,都还在进行语言和形式上的实验,我们不能简单地断定,现代自由诗和原来汉语诗歌所形成的断层对当下诗歌发展是好还是坏,在这里我想强调的是,我们必须要重新去对接中国诗歌传统的美学精神，向伟大的古典诗歌致敬，绝不是一句空话，它需要我们在进行新的诗歌创造时，充分体验中国传统诗歌的哲学意境。在这里有两个方面的问题需要解决，一方面就是我们要对中国数以千年的诗歌传统加以继承，当然更多的是指美学精神，不过对古典诗歌语言的学习，也需要我们在现代诗的创作中进行很好的借鉴；另一方面我们又不能简单地进行语言复古，我们要做到的是真正意义上古典精神在语言层面上的内在回归。

现在有一个现象值得我们关注，当下的许多诗人都是按照翻译语言和外来诗歌的形式再重构我们的诗歌，这里既包括语言也包括形式，这并非就让人感到惊恐，我刚才说过任何新的实践都应该有存在的空间，但我想提醒的是我们离自己数千年的诗歌传统的主流精神正渐行渐远。其实，今天所面对的这些问题，实际上对我们每一个诗人都是一个考验，在中国现代诗歌史上，有不少诗人在这些方面已经进行了许多语言和形式上的探索，比如闻一多，就是一个鲜明的例子，他写的现代诗，力求在语言上和形式上都有更多中国诗歌传统的美学特征，他一直追求诗歌语言的内在美感和外在韵律的结合。这里还可以说说艾青，毫无疑问他是中国新诗史上最重要的诗人之一,虽然他写的是真正意义上的散文化的自由诗,但他在白话新诗的语言实践中也是一个当之无愧的典范,当然从另一个角度来看,他也是一个特例——新诗史上的特例。他最早学习绘画,促成他写诗也是很偶然的,当然这其中也隐含着不可更改的必然,当时他在上海从事进步文化运动,被国民党反动派关进监狱后,在监狱里他写下第一首长诗《大堰河——我的保姆》,从此,他声名鹊起,并且以一个诗人的形象登上了中国文坛。纵观艾青的整个诗歌语言实践,现在仍然有很多诗人和学者在讨论,普遍认为他在上世纪30年代中期到40年代末,应该说是艾青诗歌最成熟的阶段。就我个人看来,他是当时用白话写诗的诗人中最伟大的一位,就是我们现在重新来看他的诗歌,其语言的朴素美和纯净度,应该说是那个时代的一座高峰。在艾青活着的时候,我曾经有机会向他讨教:"你所处的那个年代,正是文言文向白话文转化的时候,而新诗的创作更是在摸索的阶段,但你写的诗,从一开始语言就非常的简洁干净,哪怕用极为散文化的语言写作时,我们也能感觉到你的诗歌那种内在的节奏和朴素的美,完全不可想象你是怎么做到的?"艾青沉思一番后告诉我(他的话直到现在依然让我很受益),他说:"一个诗人如果用华丽的辞藻，纷繁的意象，把诗写得很复杂，这是可以训练的，也容易做到。倒过来说，如果只用最简洁的语言，不是简单的语言，在选择时，不管名词、动词、形容词，它都是一种最佳搭配，而它也恰恰能抵达你要表达的生命的本质，这个是最难的。"不可否认，艾青作为一个诗人，有着极高的语言天赋和直觉，我现在依然认为艾青的诗歌创作，特别是他在上世纪三四十年代写出的《雪落在中国的土地上》《号手》《手推车》《北方》《我爱这土地》《向太阳》《火把》等作品，是中国新诗在语言和形式方面进行实践的最光辉的范例之一。

中国新诗在传统与翻译之间要创造自己的第三空间

中国新诗发展到今天，无论在语言和形式实践方面，应该说都取得了相当的成就，但我们怎么更好地承接中国诗歌传统——我说的不是简单地继承和对接——而是怎么能把中国古典诗歌语言的内在性，尤其是这种诗歌语言所构建的美学意境，在我们所进行的新诗创作中来加以体现，我觉得这个命题是当下中国诗人应该深入思考的。特别是在近几年的国际文化交流中，我们发现西方诗人和翻译家在研究中国诗歌的时候，他们对唐诗花得精力最大，倾注的心血也最多，不用去统计，他们翻译中国唐诗的版本要远多于介绍中国现当代诗歌，特别有趣的是，像庞德这样的诗人，当然还包括一大批意象派诗人，他们的诗歌创作实际上是受了被翻译成外语的中国唐诗的影响，李白、王维都是他们十分尊崇的诗人，这不得不让我们重新去思考，中国新诗未来的发展，为什么不能再从我们的古典诗歌经典中去吸收有用的东西呢？我们为什么不把中国新诗的发展和过去中国古典诗歌所形成的断层再有效地对接起来呢？我再三声明，这种对接不是走回头路，而是我们今后需要付诸努力的"一次真正的探索"。

我刚才说过，俄罗斯诗人在这方面做得很好，继普希金之后，有莱蒙托夫、涅克拉索夫，再到白银时代，阿赫玛托娃、茨维塔耶娃、帕斯捷尔纳克、叶赛宁，苏联的革命诗人马雅可夫斯基，再往后则有布罗茨基、库什涅尔等人，他们在诗歌语言和形式的传承基本上形成了一条红线，这条红线就是俄罗斯古典文学所奠定的根基。多少年来，实践已经证明他们的根基是牢固的，所以这条红线从未中断过，当然它一直在不断地创新和发展着。譬如阿赫玛托娃的诗歌受古典主义影响就很深，但茨维塔耶娃，再到布罗茨基，他们的诗歌开放性更大，自由度更大，就继承传统和承接古典诗歌精神而言，俄罗斯诗歌和诗人都是幸运的，像布罗茨基、库什涅尔、叶甫图申科等诗人，他们对自身诗歌传统的自信都是来自骨髓的，在许多时候，他们甚至毫无掩饰地认为20世纪的俄语诗歌是全世界最好的诗歌，布罗茨基就曾经说过，俄罗斯诗人茨维塔耶娃是20世纪所有语言中最伟大的诗人，当然这仅仅是他的一家之言，你也不必太在意，但这完全可以说明他们对自己诗歌传统的自信程度。这也不奇怪，他们自己形成的诗歌传统、艺术表述方式和诗歌语言的特质，应该说都是俄罗斯诗人所独有的。特别让我们关注的还有斯拉夫语系的另外一些诗人，在20世纪以来，他们构成了足以让世界为之侧目的一个又一个重要的诗歌群体，不用我多说，他们在当代世界诗歌史上的影响都是巨大的。这样一个很大的范围，它包括东欧、中多个国家的诗人，这其中有，波兰的米沃什、赫伯特、鲁热维奇、辛姆波尔斯卡等，捷克的奈兹瓦尔、霍朗、塞弗尔特等，还有匈牙利、罗马尼亚、塞尔维亚一些极为重要的诗人，我就不在这里一一列名了。关于英语世界20世纪以来的诗歌，大家相对更熟悉一些，在这里我就不用多说了，但我还需强调的是，20世纪以来的英语诗人，如庞德、艾略特、史蒂文斯、弗罗斯特、叶芝、希尼、沃尔科特等等，他们在继承英语诗歌传统，特别是继承莎士比亚以来的古典诗歌传统之后，又形成了新的诗歌传统，他们的这种创新和发展在与传统的联系上也要比我们（也就是中国新诗和古典诗词的联系）更紧密。这是我们急需解决的问题，就是在新诗所取得成绩的基础上，如何建立起一套适合中国新诗发展，既有传承又有创新的东方诗学。

我所说的第三空间，有两层意思，一层是我们的新诗创作要向古典致敬和学习，同时，还要通过翻译向一切优秀的外国诗歌学习，当然向民间语言的学习也是不可缺少的，只有这样我们才可能真正创造出我们新诗发展的第三空间，这还需要我们去更加地努力。另外我说的第三空间，是就翻译而言，从19世纪末到20世纪初，西方许多诗人通过翻译向中国的唐诗学习，当然这其中也存在着大量的误译、误读的情况，这似乎也是任何翻译中很难完全避免的问题。诗歌的翻译可能是这个世界上最困难的一种翻译，尤其是把一种语言中最精妙的东西转述到另一种语言中去，这似乎是一件很难办到的事。难怪有人说，在翻译诗歌中，漏掉的那一部分，可能就是诗歌中最诗性的那一个部分。虽然这样，但诗歌的翻译还必须进行不能停止。同样也有人说，正是通过创造性的翻译，翻译家在另外一种语言中会创造出一个意想不到的"第三空间"，在翻译过程中那些失去的东西，会在另外一个语言中呈现出更合乎这一语言的诗性表达，并使被翻译的诗歌获得另外一种生机，这就是翻译的奇妙和魅力所在。这样的事情，在翻译史上比比皆是。据我所知，像北岛的诗歌，已经被翻译为若干种西方文字，真正从汉语翻译为外语的可能就几个版本，更多的版本还是从英文转译过去的。有趣的是，用英文翻译北岛的诗，最好的一个译本是美国人翻译的，这个译者是美国的一个诗人，他并不懂汉语，更不会写汉字，他是与一位懂汉文同时又懂英文的人来共同合作完成的。我听许多英语世界的外国诗人告诉我，这个译本非常好，许多西方人认识北岛和北岛的诗歌都是从阅读这本译文诗集开始的。这是一个很好的经验，诗歌的翻译除了翻译家，还应该有诗人来共同参与，那么这种翻译才是可信的，也是可靠的，否则很难想象会把一个诗人的诗翻译成什么样子。在中外诗歌翻译史上，许多重要的诗歌作品都是有着两种身份的诗人和翻译家来完成的，诗人策兰就曾经把俄语诗人叶赛林、意大利语诗人翁加雷蒂的诗歌作品翻译成德文，这些译文都成为了德语翻译中的经典。在中国，翻译普希金诗歌作品的人很多，到目前为止，我认为依旧没有人能够超过穆旦、戈宝权这样的翻译家，因为他们本身就是诗人。

毋庸讳言，中国新诗在发展的道路上，一直有一个"纵的继承"和"横的移植"的问题，当下的中国诗歌创作缺少对古典在更高层面的学习与继承，而对翻译诗歌的学习又往往停留在表面的形式模仿，如何让口语和俚语进入诗歌，更好地向民间的语言学习，而不至于让诗歌变成毫无诗意的"口语诗"。我们要明白，诗歌创作永远有一个继承和创新的问题，我们向伟大的传统和经典学习致敬，这不是简单的复古，不是"旧瓶装新酒"，回归不是回到最初出发的地方，而是要从我们自己真正的传统出发。

在碎片化写作的时代，中国新诗应当有自己强大的精神背景

现在中国新诗写作，不乏技巧相当好的诗人，普遍来说，他们的文化起点高，阅读面广，参照借鉴的坐标多，自由度也很大。可以说在当下，中国诗人的写作环境和条件是不错的，但大多数诗人更关注于个体生命中

并不具有普遍意义的东西，写作的视野还比较窄，诗歌大多呈现的是日常生活中的琐事，作品中缺少对生命意义的追问，更缺少对人类一些终极命题的书写，在整体上呈现出一种碎片化写作。这个现象好像不仅仅在中国，在西方国家这种情况也很普遍，像布罗茨基这样的大诗人，目前在俄罗斯也仅存几位，比如在意大利最有影响力的诗人，仍是战后现身的三大诗人翁加雷蒂、蒙塔莱、夸西莫多，其中两个得了诺贝尔文学奖，当然还有一位重要诗人就是帕索里尼，不过他早已过世，现在的意大利很难找到这样大师级的诗人。美国也是这样，弗罗斯特等大师级诗人过世之后，美国似乎再没有产生这样影响深远的诗人，当然后来也有一些重要的诗人出现，比如艾伦金斯堡及其"垮掉的一代"诗人，恕我直言，像弗罗斯特这样的大诗人在美国也还没有看出有再现的迹象。在这个碎片化写作的时代，一个物质至上、盛行消费主义的时代，真正有穿透力的诗歌作品往往不见踪影，很多诗歌缺少应有的精神高度，大多写的是自我生活中一些很"轻"的东西，这些只与个人痛痒有关的感受被大量写成诗歌，使诗歌离人的心灵越来越远。诗人的写作，毫无疑问永远是个体生命对内心和对外界的一种感受，这种感受其真实性是尤为重要的，一个伟大的诗人，无论面对内心、面对生活，他都应当是真实的。如果一个诗人仅仅纠缠于内心的一点观感，而缺少对人类命运的关注，而又何以能以小见大呢？我们需要的是个体生命的呈现能够上升至对人类普遍生命的关注的作品，如同墨西哥诗人帕斯的《太阳石》、聂鲁达的《马丘比丘高峰》，可是我们在当下却鲜少能看到这样的作品。终日所见，只是诗人们对现实生活采取琐碎解构的方式，缺少大气淋漓且真正具有生命力的创作。这是现在中国诗歌面临的一个很大的挑战。不管我们现在置身于怎样的一种状态下，我们的写作均缺少一个更强大的精神背景。但是20世纪那些我们熟知的大诗人，他们的精神背景总是很强大的，哪怕他写的是短小精微的抒情诗，也会让你的心灵受到深深的震撼。

前不久，为了纪念抗日战争胜利70周年和世界反法西斯战争胜利70周年，我建议西班牙语翻译家赵振江教授选编了一本诗选，名字就叫《西班牙在我心中》，是一本西班牙反法西斯战争诗选，其中选用了聂鲁达、尼古拉斯·纪廉、费尔南德斯、阿尔贝蒂、塞萨尔巴列霍的诗歌，就是现在看起来这些诗的经典意义也没有消失。我专门为这本诗集写了序言，如果大家有兴趣的话，等这本诗集出版后可以好好阅读，我相信它会给大家带来一种新的感动。前不久，我看了一本诗歌杂志，他们专门编选了一些过去的反法西斯诗歌，这些诗歌现在读起来同样让人感动，其魅力和价值并没有因为时间的流逝而被消减。苏联著名诗人吉洪诺夫，他是以写小说、报告文学而出名的，但是他有几首诗，直到今天还在被人们传颂，一首诗名字叫《我等你》，另一首诗的名字叫《旗帜》。我认为这些作品直到今天还有生命力，阅读它的时候，我们仍能感受到这些作品的力度和温度。《旗帜》这首诗的大意是："我们不能在旗帜下抽烟，更不能在旗帜下闲言碎语，因为旗帜是神圣的，我们在任何时候都需要旗帜。旗帜有时候会被子弹打穿，上面会布满弹孔。旗帜只有在一个时候，才会从高高的旗杆上被轻放下来，那是因为有战士被枪弹击中已经死亡，这时旗帜可以短暂地覆盖在他的身上，但是不可能长久的覆盖，那是因为活着的人——还需要旗帜！"另外还有一首诗，也是一位苏联诗人写的，名字叫《对话》，他写德军进入一个村庄，要把这些村民都活埋了。在德国人要活埋他们的时候，一个小孩说了一句话："叔叔，你不要把我埋得太深，我妈妈会找不到我。"苏联还有一个诗人写了这样一首诗：《虚荣心之没落》，他写一个人死了，到了晚上还会从坟墓里伸出手来，在他自己已经斑驳的墓碑上，重新把自己的名字写清楚。这一类诗本身的穿透力，对现在中国目前新诗的创作，或多或少都会有一定的启发作用。

现在中国新诗对外翻译的数量开始逐步大起来，这也反映出了当前中国文学的现状，许多研究中国文学的专家普遍这样认为，中国当代诗歌的成就，特别是它所达到的精神高度，绝不在小说所取得的成就之下。这既是旁观者的结论，也是大多数本土有见解的评论家的看法，当然这还需要中国诗人继续努力。今年8月我们将举办第五届青海湖国际诗歌节，准备邀请全世界40多个国家和地区的诗人来参加这一诗歌的盛会，其中就有近20位来自不同国家的重要的诗歌翻译家参会。我相信，通过搭建更多的国际性的诗歌交流渠道，会让更多优秀的中国当代诗人被世界所熟悉，同时我还相信，中国诗人将不会辜负这个时代的重托，一定能够写出一些真正能影响这个世界的作品，我期待着！

在金华浙师大文学院的演讲

2015年7月30日

一次诗歌的朝圣与远游

感谢第二十届"柔刚诗歌奖"评委会把这个尊贵的奖项颁发给我,为此我充满了由衷的感激之情。我想大家也许能理解我这种感激的真正缘由,那就是这个诗歌奖项的设立者,包括它的评委会,无一例外都来自民间,他们都是真正意义上的公共知识分子。我不知道今天在中国还有哪一项诗歌奖已经延续评选了 20 届,并且一直还保持着它最初创立时所坚守的公正立场,而从不被诗歌之外的一切因素干扰和影响,这不能不说是个奇迹。我们可以想象,这个来自民间的诗歌奖能如此顽强地坚守到今天，其中必定会有许多鲜为人知的动人故事，但对于那些真正献身于诗歌的人们，这些他们所经历过的一切，似乎已经早已被深深埋藏在了记忆的深处，而这种经历本身，毫无疑问已经赋予了他们的人生一种更为特殊的意义。作为同行，在这里我们没有理由不对他们肃然起敬。我要对他们表达诗歌的敬意，但我需要声明的是，我的这种敬意，完全来自于我们共同的对于诗歌纯粹的忠诚，而并不仅仅因为我是一个获奖者，如果真的是那样的话，那将是彻头彻尾的对人类诗歌精神的亵渎和不敬。我向他们表达敬意，那是因为在这个诗歌被极度边缘化的时代，对诗歌的热爱和坚持，仍然是需要勇气和奉献的。当然，对于那些诗神的真正信徒来说，这并非就是一个事实，因为真理早已经告诉过我们，精神上伟大的孤独者和引领者，从来就是这个世界的极少数。或许正是因为有这样一群人的精神守望，我们才从未怀疑过诗歌是人类存在下去的最有说服力的理由。因为诗歌包含了人性中最美最善的全部因素，它本身就是想象的化身，它是语言所能表达的最为精微的秘密通道。诗歌从诞生之日起，它就和我们的灵魂以及生命本体中，最不可捉摸的那一部分厮守在一起，从某种意义上说，诗歌是我们通过闪着泪光的心灵，在永远不可知晓的神秘力量的感召下，被一次次唤醒的隐藏在浩瀚宇宙和人类精神空间里的折射和倒影。我们彝族人中最伟大的精神和文化传承者毕摩，就是用这种最古老的诗歌方式，完成了他们与宇宙万物以及神灵世界的沟通和对话。他们是诗人中的祭司，他们无可争辩是人类诗歌的先行者。当然，我还想要告诉大家的是，诗歌语言所构建的世界，一直被认为是诗人的另一个更为隐秘的领域，它是所有伟大诗人必须经历的、有时甚至是无法预知的文字探险，从这个角度上来看，这个世界上所有的文字掌握者。他们在文字的最为精妙、最为复杂、最为不可思议的创造方面，都将永远无法与天才的诗人们比肩。诗人毫无争议的是语言王国中当之无愧的国王。有人曾经说过这样的话，诗歌的语言就是稀有的金属和珍奇的宝石，在文字和声音中最完美的呈现。

朋友们，在此时我还想与大家分享的是，最近我有机会刚刚完成了一次诗歌的朝圣与远游。我有幸应邀到南美秘鲁参加20世纪最伟大的诗人之一，塞萨尔·巴列霍诞辰120周年的纪念活动。最令我感动的是，当我们深入到安第斯山区的腹部，来到这位有着印第安血统的诗人的故乡时，我惊奇地发现就是在这样一个极为偏僻、遥远和封闭的世界里,诗歌的力量和影响也从未消失。塞萨尔·巴列霍,这位写出了迄今为止人类有关心灵苦难最为深刻的诗歌的诗人,用他忧伤的诗句,再一次为我们印证了古罗马诗人贺拉斯的名言,诗歌的生命要比青铜的寿命更为久长。在诗人的故乡圣地亚哥·德·丘科这个古老的区域,当我们亲眼目睹了,他的一个又一个土著族人背诵他的诗篇时,眼睛里面流露出的尊严和自信,无疑深深地震撼了我们。尽管作为一位彻底颠覆了一般诗歌语言的大师,读者要真正进入他所设置的语言迷宫并非易事,但他的诗歌所透示出来的人道主义情怀、对弱者和被剥削者的同情,以及他对生命、死亡的永不停歇的追问,都会触动这个世界上任何一个还保留着良知和道德认同的人的心弦。塞萨尔·巴列霍曾写下过这样的诗句,"白色的石头上,压着一块黑色的石头",我知道这是他在用诗歌,对永恒的死亡在哲学层面上的最后祭奠和定格。塞萨尔·巴列霍已经离开我们74年了,但是我们从没有过这样的感觉,他的生命已经真的死亡。作为一个精神上和肉体上的双重流放者,他至死都没有再回到自己的故乡,但让我们略感欣慰的是,时间做出了最为公正的判决,他不朽的诗歌正延续着他短暂的足以让人悲泣的肉体生命。塞萨尔·巴列霍是安第斯山里的一块巨石，但在今天他也是一位享誉世界的杰出公民。他的一生和光辉的诗篇给了我们一个启示，那就是真正伟大的诗歌和诗人，是任何邪恶势力都永远无法战胜的。因为诗人和诗歌永远只面临一种考验，那就是无情的时间和一代又一代的读者。再次感谢各位评委的慷慨之举，我无以回报，但请相信我，在诗神面前，我将永远是一位谦卑忠实的仆人。

在第二十届"柔刚诗歌奖"
颁奖会上的致答辞
2012年5月27日

向翻译家致敬

在伟大的德国诗人歌德,提出他所认为和理解的"世界文学"这样一个概念之前,毫无疑问,不同国家、民族和地域的文学,从其诞生之日起肯定已经存在了数以千年,这是一个不用争论的事实,因为文学史早已明明白白地告诉了我们。我们完全可以相信,作为哲人和智者的歌德,当然不是在胡言乱语,他所说的"世界文学",是一个基于人类已经大大突破了原有的空间和地理上的限制,开始更大量地通过不同语言文字的翻译,而所形成的对彼此的文学在更广范围内的认知和了解。我认为无论是对于早已仙逝的一代文豪歌德,还是对于生活在不同时代的人类,想通过不同语言文字的翻译来达到了解对方的思想、生活和情感的愿望,其实从来也未发生过丝毫的改变。有趣的是,我们人类的生活在近一二百年,才发生了难以想象的变化,特别是科技的高速发展,交通工具和信息传播技术质的飞跃,可以说是在一个时间被极速压缩的空间里,人类的生产方式和生活方式都发生了一连串的革命。歌德所说的"世界文学",最初就像一个渴望成真的梦,而在今天确已真正变成了让无数读者为之激动的现实。而这一切,是谁完成了呢?当然是通过翻译,当然是那些重建人类语言"巴别塔"的翻译家们,是因为有了他们的存在,今天这个使用着不同语言文字,生活在不同地域,传承着不同文化传统的不同民族,才能通过翻译阅读到世界不同文字中的文学经典,从而为人类不同文明间的相互了解和对话,起到了极为重要的推动作用。

据说,在《圣经·旧约·创世纪》中曾有这样的记载,人类希望兴建通往天堂的高塔,但上帝为了阻止这一计划,故让人类生活在不同地域,并使用不同的语言,让人类相互之间不能沟通,致使人类的这一计划最终失败。

这个关于"巴别塔"的故事，或许就是一个传说，但今天的人类，并没有仅仅在使用一种语言和一种文字，如果真的是那样，从文化多样性的角度来看，那一定是一个天大的灾难。因为生物的多样性和文化的多样性一样，是我们延续这个地球生命基因以及文化基因，永远不可或缺的最为珍贵的东西。但令我们不安的是，在今天这个跨国资本无处不在的时代，资本逻辑和技术理性已经完全左右了我们的生活，最让我们感到悲哀和不幸的是，除了物种在一个个不断消失之外，人类使用的一些语言，特别是部分弱势族群的语言，也面临着逐步消亡的危险。许多有良知的人类学家证实，几乎是每一天就有一种语言从这个地球上消失。著名马里黑人作家、伟大学者阿马杜·昂帕素·巴有一句名言，"在非洲，一位老人的逝去，意味着一整座图书馆也随之而去"。我们知道，人类是通过自身的语言来进行思维的，而一种语言的消失，无疑让人类永远地失去了一种无法替补的思维方式，这其中包含着独特的宇宙观、古老的生命观念、传给后代的伦理道德"模式"，以及永远不可解释的语言中最为精妙的那个部分。法国哲学家孟德斯鸠认为，语言是唯一的共同特征，是文化特性的最高标志。当然，一个民族的文化特性是同它的历史、语言和心理三大因素分不开的。这是一个民族文化特性的核心，这种核心一旦消失，社会与文明就没有了生命。正因为如此，人类一方面要勇敢地捍卫这种文化特性存在的权利，另一方面又要加强不同语言使用者之间的交流和沟通。说了这么多有关语言的重要性，生活在这个地球上不同区域的人们，并不是要与世隔绝，更不是要断绝友好的来往，而是要通过大量的翻译，才能使人类重建语言的"巴别塔"，成为一次又一次真正的可能。

最后我要说的是，感谢《世界文学》，你是我多年来唯一订阅至今的一本心爱的刊物，你的存在就是人类重建语言"巴别塔"的最好例证。同样，你的存在，也让我们再一次坚信，虽然这个世界语言随地而异，多种多样，却只有通过近乎神圣的——翻译，才是人类社会和古老的文明得以存在下去的重要理由和根本条件。谢谢大家！

写给《世界文学》创刊60周年

2013年10月24日

向伟大的南非致敬

首先,我要愧疚地向各位致歉,在这样一个伟大的时刻,我不能亲自来到这个现场,来亲自见证你们如此真诚而慷慨地颁发给我的这份崇高的荣誉。我想,纵然有一千个理由,我今天没有如期站在你们中间,这无疑都是我一生中无法弥补的一个遗憾。在此,再一次请各位原谅我的冒昧和缺席。

诸位,作为一个生活在遥远东方的中国人,还在我的少年时代,我就知道非洲,就知道非洲在那个特殊的岁月里,正在开展着一场如火如荼的反殖民主义斗争，整个非洲大陆一个又一个国家开始获得民族的自由解放和国家的最后独立。这样的情景，直到今天还记忆犹新，在我们的领袖毛泽东的号召下，我们曾经走上街头和广场，一次又一次地去声援非洲人民为争取人民解放和国家独立的正义斗争。如果不是宿命的话，我的文学写作生涯从一开始，就和黑人文学以及非洲的历史文化有着深厚的渊源。从上一个世纪60年代相继获得独立的非洲法语国家，其法语文学早已取得了令世人瞩目的国际性声誉，尤其是20世纪30年代创办的《黑人大学生》杂志以及"黑人性"的提出，可以说从整体上影响了世界不同地域的弱势民族在精神和文化上的觉醒，作为一个来自于中国西南部山地的彝民族诗人，我就曾经把莱奥波尔德·塞达·桑戈尔和戴维·迪奥普等人视为自己在诗歌创作上的精神导师和兄长。同样，从上一个世纪获得独立的原英国殖民地非洲国家，那里蓬勃新生的具有鲜明特质的作家文学，也深刻地影响了我的文学观和对价值的判断。尼日利亚杰出的小说家钦·阿契贝，剧作家、诗人沃·索因卡，坦桑尼亚著名的斯瓦希里语作家夏巴尼·罗伯特，肯尼亚杰出的作家恩吉古，安哥拉杰出诗人维里亚托·达·克鲁兹，当然这里我还要特别提到的是，南非杰出的诗人维拉卡泽、彼得·阿伯拉罕姆斯、丹尼斯·布鲁特斯以及著名的小说家纳丁·戈迪默等等，他们富有人性并发出了正义之声的作品，让我既感受到了非洲的苦难和不幸，同时，也真切地体会到了这些划时代的作品，同样也把忍耐中的希望以及对未来的憧憬呈现在了世界的面前。我可以毫不夸张并自信地说，在中国众多的作家和诗人中，我是在精神上与遥远的非洲联系得最紧密的一位。对此，我充满着自豪。因为我对非洲的热爱，来自于我灵魂不可分割的一个部分。

朋友们，我从未来到过美丽的南非，但我却对南非有着持久不衰的向往和热情，我曾经无数次地梦见过她。多少年来，我一直把南非视为人类在20世纪后半叶以来，反对种族隔离、追求自由、平等和公正的中心。我想并非是偶然，我还在20多岁的时候，就在诗歌《古老的土地》里，深情地赞颂过非洲古老的文明和在这片广袤的土地上生活着的勤劳善良的人民。当20世纪就要结束的最后一个月，我写下了献给纳尔逊·曼德拉的长诗《回望20世纪》，同样，当改变了20世纪历史进程的世界性伟人纳尔逊·曼德拉离开我们的时候，我又写下了长诗《我们的父亲》来纪念这位人类的骄子，因为他是我们在精神上永远不会死去的父亲。是的，朋友们，从伟大的纳尔逊·曼德拉的身上，我们看到了伟大的人格和巨大的精神所产生的力量，这种力量，它会超越国界、种族以及不同的信仰，这种伟大的人格和精神，也将会在这个世界的每一个角落，深刻地影响着人类对自由、民主、平等、公正的价值体系的重构，从而为人类不同种族、族群的和平共处开辟出更广阔的道路。伟大的南非，在此，请接受我对你的敬意！

朋友们，我知道，姆基瓦人道主义奖是为纪念南非著名的人权领袖、反对种族隔离和殖民统治的斗士理查德·姆基瓦而设立的。这个奖曾颁发给我们十分崇敬的纳尔逊·曼德拉、肯·甘普、菲德尔·卡斯特罗等政要和文化名人。我为获得这样一个奖项，而感到万分的荣幸。基金会把我作为一个在中国以及世界各地推动艺术和文化发展的领导人物，并授予我"世界性人民文化的卓越捍卫者"的称号，这无疑是对我的一种莫大的鼓励，同样在此时此刻，我的内心也充满着一种惶恐和不安，因为我为这个世界人类多元文化的传承和保护，所做出的创造性工作和贡献还非常有限，作为中国少数民族作家学会的现任会长，作为中国在地方省区工作的一位高级官员，同时也作为一个行动的诗人，我一直在致力于多民族文化的保护和传承，并把这种传承和保护，作为一项神圣的职责。在我的努力下，青海湖国际诗歌节、青海国际诗人帐篷圆桌会议、达基沙洛国际诗人之家写作计划、诺苏艺术馆暨国际诗人写作中心对话会议、三江源国际摄影节、世界山地纪录片节、青海国际水与生命音乐之旅以及青海国际唐卡艺术与文化遗产博览会已经成为了中国进行国际文化交流和对话的重要途径和平台。尽管如此，我深知在这样一个全球化的时代，跨国资本和理性技术的挤压，人类文化多样性的生存空间，已经变得越来越狭小，从这个意义上而言，我们所有的开创性工作，也才算有了一个初步的开头。为此，我将把这一崇高的来自非洲的奖励，看成是你们对伟大的中国和对勤劳、智慧、善良的中国人民的一种友好的方式和致敬，因为中国政府和中国人民，在南非人民对抗殖民主义的侵略和强权的每一个时期，都坚定地站在南非人民所从事的正义事业的一边，直至黑暗的种族隔离制度最终从这个地球上消失。今年是南非民主化20周年，我们知道，新南非在1994年的首次民主选举，让南非成功地避免了一场流血冲突和内战，开启了一条寻求和平协商的道路，制定了高举平等原则的南非新宪法，20年过去了，我们今天看到的新南非，仍然是一个稳定繁荣与民主的国度。我们清楚地知道，中国和南非同属金砖国家，我们有着许多共同的利益，两国元首在互访中所确定的经济、贸易和文化上的交流任务，为我们未来的发展指明了方向，我相信，未来的中国和未来的南非都将会更加的美好。

最后，请允许我表达这样一种心意，那就是再一次向姆基瓦人道主义基金会，致以我最深切的感激之情，因为你们的大胆而无私的选择，我的名字将永远与伟大的南非，与伟大的理查德·姆基瓦的名字联系在了一起。同样，我将会把你们给我带来的这样一种自豪，传递给我千千万万的同胞，我相信，他们也将会为此而感到由衷的自豪。谢谢大家！

在"2014南非姆基瓦人道主义奖"
颁奖仪式上的书面致答辞
2014年10月10日

拒绝一切形式的死亡

今天我们相聚在这里,来为一个人送行,这个人不是别人,她就是我亲爱的母亲。我知道,这样的送行,这样为了永别而进行的送行,对于每一个个体生命来说,都是极为残酷的,但是作为人,我们没有逃避的可能,只能从容而勇敢地面对,也就是说我们必须正视死亡。自从有人类以来,人类就在拒绝一切形式的死亡,但死亡却从未离开过我们,我们必须接受死亡一次又一次来临这样一个事实。当然,死亡不只属于人类,它属于宇宙万物，属于大千世界，属于今天我们已经认定或者还没有认定的千千万万的生物。难怪在彝族人最古老的哲学思想中，很早就把死亡看成是一种再自然不过的规律，因而彝族人的死亡观是唯物的、是达观的、是理性的，从更本质的角度来看，彝族人最理解什么是死亡。在我们民族伟大的创世史诗和训示格言里，论述死亡的内容比比皆是，毋庸讳言，它是许多典籍中一个永恒的话题。正因为此，生活在莽莽群山中的彝族人，既明白生的道理，也知道死的缘由，我们才对生命充满着敬畏，同样我们也才能对每一次来临的死亡，用一种更坦然的态度去接受。是的，尽管是这样，在此时此刻我还是要告诉大家，这个世界上有许多悲痛，但还有哪一种悲痛比失去母亲更让人悲痛呢？没有，一定没有！因为只有母亲才是我们生命中从生到死的摇篮，无论是她还活着，或许已经离去，她的爱都会陪伴我们的一生。感谢诸位，是你们分担了我和我的家人所承受的巨大悲痛，是诸位让我们又一次体会到了人世间的温暖和真挚的友情，这就如同我的母亲曾经告诉过我们的那样，人活在这个世上，如果没有友情和亲情，作为人而言还有什么更让人感动的事情呢。

各位亲朋好友，我的母亲见证了一个不平凡的时代，经历了她的先人从未经历过的生活，她为自己的理想奋斗过、追求过、付出过，她没有留下遗憾。她一生善良，对人热情，她给所有认识她的亲人们和朋友们都留下了难以磨灭的印象。我相信，她留给我们的一切，都将会长久地影响着我们，成为我们最美好记忆中不可分割的部分。我的母亲就要上路了，那条白色的道路上已经开始涌动着灿烂的光芒，虽然在这个时候，时间对于我来说是格外的珍贵，最后还是请允许我用这几句诗来为我的母亲送行：

把我送回有着群山的故土
再把我交给火焰
就像我的祖先一样
在火焰之上
天空不是虚无的存在
那里有勇士的铠甲，透明的宝剑
鸟儿的马鞍，母语的盐
重返大地的种籽，比豹更多的天石
还能听见，风吹动
荞麦发出的簌簌的声音

振翅的太阳,穿过时间的阶梯
悬崖上的蜂巢,涌出神的甜蜜
谷粒的河流,星辰隐没于微小的核心
在火焰之上:
我的灵魂,将开始远行

在送别母亲仪式上的讲话
2016 年 11 月 4 日

站在广袤的群山之上

今天对于我来说,是一个喜出望外的日子,我相信对于我们这个数千年来就生活在这片高原的民族而言,也将会是一个喜讯,它会被传播得比风还快。感谢欧洲诗歌与艺术荷马奖评委会,你们的慷慨和大度不仅体现在对获奖者全部创作和思想的深刻把握,更重要的是你们从不拘泥于创作者的某一个局部,而是把他放在了一个民族文化和精神的坐标高度,由此不难理解,你们今天对我的选择,其实就是对我们彝民族古老、悠久、灿烂而伟大的文化传统的褒奖,是馈赠给我们这片土地上耸立的群山、奔腾的河流、翠绿的森林、无边的天空以及所有生灵的一份最美好的礼物。尤其让人不知所措，心怀不安的是，你们不远万里，竟然已经把这一如此宝贵的赠予送到了我的家门，可以说，此时此刻我就是这个世界上一个幸运的人。按照我们彝族人的习惯，在这样的时候，我本不应该站在这里，应该做的是在我的院落里为你们宰杀牲口，递上一杯杯美酒，而不是站在这里浪费诸位的时间。

朋友们，这个奖项是以伟大的古希腊诗人荷马的名字命名的，《伊利亚特》和《奥德赛》两部伟大的史诗，为我们所有的后来者都树立了光辉的榜样。当然，这位盲歌手留下的全部遗产，都早已成为了人类精神文化最重要的源头之一，在这里，我不想简单地把这位智者和语言世界的祭司比喻成真理的化身，而是想在这里把我对他的热爱用更朴素的语言讲出。在《伊利亚特》中，阿喀琉斯曾预言他的诗歌将会一直延续下去，永不凋零，对这样一个预言我不认为是一种宿命式的判断，其实直到今天，荷马点燃的精神火焰就从未有过熄灭。

然而最让我吃惊和感动的是，如果没有荷马神一般的说唱，那个曾经出现过的英雄时代，就不会穿越时间，哪怕它就是青铜和巨石也会被磨灭，正是因为这位神授一般的盲人,让古希腊的英雄谱系,直到现在还活在世上熠熠生辉。

讲到这里,朋友们,你们认为这个世界所发生的一切,都是由偶然的因素构成的吗?显然不是,正如我今天接受这样一个奖项,在这里说到伟大的荷马,似乎都在从空气和阳光中接受一个来自远方的讯息和暗示,那就是通过荷马的神谕和感召,让我再一次重新注视和回望我们彝民族伟大的史诗《勒俄》《梅葛》以及《阿细的先基》,再一次屹立在自然和精神的高地,去接受太阳神的洗礼,再一次回到我们出发时的地方,作为一个在这片广袤的群山之上有着英雄谱系的诗人,原谅我在这里断言:因为我的民族,我的诗不会死亡!谢谢诸位!卡沙沙!

在"2016欧洲诗歌
与艺术荷马奖"颁奖仪式上的致辞
2016年6月27日

附

2016年欧洲诗歌与艺术荷马奖颁奖辞

达里尤斯兹·特玛斯兹·莱贝达

欧洲诗歌与艺术荷马奖评奖委员会主席

吉狄马加是中国最伟大的当代诗人之一，他的诗富有文化内涵，事实上深深植根于彝族的传统。他的诗歌创作也提升了通灵祖先的毕摩祭司所把控的远古魔幻意识。他的诗歌艺术构成一片无形的精神空间，山民们与这一空间保持持久的互动，他的诗让人心灵净化，并构建起一个人类不懈追求纯真和自我实现的伟大时代。面朝广袤美丽的自然，他的作品始终致力于表现人类命运的深度，这命运的陡坡一直通向宏大的宇宙体系和存在的基本机制。这一切借助昼夜的更替被永恒地感知；这一切化身为守夜人，躯体遭受打击，忍受疾病和痛苦，他面对风霜雪雨，承受着时间的毁灭力量。人类的意识得到如此清晰的呈现，它甚至构成一道闪亮的光束，穿透巨大的时间间隔，扫描各种形状、各类变体的空间，这对于诗歌而言十分罕见。马加能像蝴蝶翅膀轻盈扇动那般写出一首诗，他也能创作出视野宽广的全景图，这些全景图反映整个时代的精神，也反映人类在山川湖畔与鸟兽等一切生物和谐共处的自由存在特质。他诗中的每一抒情场景均成为一则部落故事之延续，似在特意宣示他的部落之荣光。诗人意识到，他的作品脱颖而出，正是为了完成他渴望的使命。他深知，他无法继续定居凉山，背着猎枪去打猎，在族人中间过着悠闲、宁静的生活。他本可围着篝火舞蹈，站在山巅远眺，可他的命运却是跻身于世界诗人之列，宣示他那偏居地球一隅的故土和人民之荣光；他本可在小茅屋里歌唱，远离寒冷的宇宙，聆听长辈和巫师讲故事，可他的工作却是一遍又一遍地重申存在的基本真理："我是彝人！"这是他的伟大任务，同时也是世代传诵的祈祷，借助一连串的提示和升华，这也是能反映过去、亦能再现壮丽未来的历史所发出的遥远回声。

2016年6月27日